천산루

조도형 新무협 판타지 소설

FANTASTIC ORIENTAL HEROES

천산루 2

조돈형 新무협 판타지 소설

초판 1쇄 찍은 날 § 2014년 6월 23일
초판 1쇄 펴낸 날 § 2014년 6월 30일

지은이 § 조돈형
펴낸이 § 서경석

편집부장 § 권태완
편집책임 § 박은정

펴낸곳 § 도서출판 청어람
등록번호 § 제387-1999-000006호
등록일자 § 1999. 5. 31
어람번호 § 제2-2509호

주소 § 경기도 부천시 원미구 부일로 483번길 40 서경B/D 3F (우) 420-822
전화 § 032-656-4452 팩스 § 032-656-4453
http://www.chungeoram.com
E-mail § chungeorambook@daum.net

ISBN 979-11-316-9085-7 04810
ISBN 979-11-316-9083-3 (세트)

천산루

天山樓

조도형 新무협 판타지 소설

FANTASTIC ORIENTAL HEROES

2

도서출판 청람

천산루

10장

의협진가(義俠陳家)

　진유검으로 인해 금방이라도 파국으로 치닫던 정문의 상황이 잠시나마 소강상태를 보였다.

　수호표국의 사람들은 생각지도 못한 진유검의 등장에 놀라면서도 마음 한편이 든든했다.

　지난 삼 년간 두 가주의 죽음을 비롯하여 많은 이가 목숨을 잃은 지금 의협진가는 과거의 위용을 전혀 보여주지 못하고 있었다.

　신도세가가 삼십이 조금 넘는 인원으로 무례를 저지를 수 있는 것도 의협진가의 힘이 그만큼 약해졌기 때문이다. 게다가 지금은 침묵을 지키며 눈치를 보고 있지만 무창상단 또한 언제 돌변하여 의협진가를 위협할지 몰랐다.

그런 상황에서 항주에서부터 함께 생사고락을 함께한 진유검과 전풍이 등장한 것이었으니 비록 진유검의 정체가 불확실하기는 해도 그가 얼마나 대단한 고수인지 알고 있던 수호표국의 사람들의 얼굴이 환해지는 것은 어쩌면 당연한 일이었다.

"두 사람이 갑자기 사라져서 깜짝 놀랐네. 그래, 볼일은 끝난 것인가?"

환히 웃으며 반기는 유강의 물음에 진유검이 주변을 휘둘러보며 말했다.

"아니요. 잠시 들를 데가 있어서 다녀왔을 뿐입니다. 볼일은 지금부터지요."

유강이 진유검의 말을 이해하지 못해 고개를 갸웃거리자 그를 지나친 진유검이 의혹 어린 눈길로 자신을 바라보는 진소영을 향해 걸어갔다.

진유검을 알지 못하는 의협진가의 제자들이 그를 제지하려고 하였지만 황급히 손짓을 한 유강 덕에 별다른 방해를 받지는 않았다.

"흐음."

진소영 앞에 선 진유검이 진소영의 얼굴을 이리저리 뜯어

보았다.

낯선 청년이 갑자기 접근해 자신의 얼굴을 뚫어지게 쳐다본다면 십중팔구는 굉장히 불쾌한 느낌을 받을 것이고 화를 내는 것이 당연하겠지만 어찌 된 일인지 진소영은 아무런 반응을 보이지 않았다.

의협진가의 사람들은 평소 꽤나 직선적이고 다혈질적인 성격의 진소영이 어째서 상대의 무례한 행동에 아무런 제지를 하지 않는지 의아해했다.

하지만 그들은 몰랐다.

진유검을 보고 있는 진소영이 지금 얼마나 큰 혼란에 빠져 있는지를.

처음 진유검이 모습을 보였을 때, 그리고 그를 대하는 수호표국의 사람들의 태도를 보며 그녀는 진유검이 의협진가에 호의적인 사람이라는 것을 금방 간파할 수 있었다. 그랬기에 자신을 향해 다가왔을 때도 별다른 제지를 하지 않았다.

문제는 자신을 노골적으로 훑어보는 그 시선이었다.

평소라면 당장에 호통을 치고 상대의 무례함을 따지고 들었을 것이다.

그런데 뭔가가 이상했다.

상대의 얼굴을 보고 있자니 화가 치미는 것이 아니라 이상하게 가슴이 뛰었다. 지금 혼인을 한 남편을 처음 보았을 때처럼 얼굴이 화끈해지고 전신에 소름이 돋았다.

머릿속을 마구 헤집는 뭔가도 판단을 제대로 하지 못하게 만들었다.

그것이 과연 무엇일까 생각을 하기도 전, 그리고 미처 대응을 하기도 전, 상대가 자신을 품에 안았다.

무방비로 포옹을 허락한 것도 문제였지만 엄연히 남편을 둔 몸으로 낯선 사내에게 몸을 맡긴다는 것 자체가 있을 수 없는 일이었다.

진유검의 돌연한 행동에 놀란 사람은 비단 진소영뿐만이 아니었다.

그를 호의적으로 보고 있던 수호표국의 사람들은 물론이고 좌중에 모인 모든 이가 경악에 찬 눈빛으로 진유검의 만행을 지켜보았다.

퍼뜩 정신을 차린 진소영의 눈에 살기가 깃들었다.

수많은 사람 앞에서 자신을 욕보인 사내를 당장에 요절을 내야 했다.

진소영이 움직이기 직전, 진유검의 한 마디가 그녀의 귀를 파고들었다.

"누나."

막 손을 쓰려던 진소영의 몸이 움찔했다.

천천히 포옹을 푼 진유검이 진소영의 양쪽 볼을 가볍게 꼬

집었다.

"제법 세월이 흘렀는데 어째 하나도 안 변했네. 한눈에 알아보겠어. 그런데 누나는 아닌가 봐."

진소영은 아무런 대답을 하지 못했다.

맹렬히 머리를 굴려 봐도 자신을 누나라고 부를 수 있는 사람이 몇 없다는 것을 상기했다. 눈앞의 상대는 더더욱 아니었다.

"큭, 뭔가 고민이 있으면 눈동자가 마구 떨리는 버릇은 여전하고."

뭐가 그리 신나는지 피식 웃은 진유검이 팔소매를 슬쩍 걷으며 손목에 차고 있는 팔찌를 보여주었다.

"이거 기억나? 옛날에 누나가 강가에서 주은 조개와 소라껍데기로 만들어준 목걸이였지만 지금은 이렇게 작아져서 팔찌로밖에 사용하지 못해. 그사이에 줄도 몇 번 갈았고."

조개와 소라껍데기를 엉성하게 이어붙인 팔찌를 보는 진소영의 눈가가 파르르 떨렸다.

기억 저편에 영원히 잠들어 있던 어린 시절의 추억이 서서히 모습을 드러내기 시작했다.

진소영이 흔들리는 눈빛으로 진유검의 얼굴을 바라보았다.

짙은 눈썹과 투명한 눈동자, 우뚝 솟은 코, 약간은 튀어나온 광대, 보통 사람들보다는 조금 넓은 인중, 한쪽 입꼬리가 살짝 올라간 입술과 강인한 턱선이 한눈에 들어왔다.

어느 순간, 그것이 점점 작아지는가 싶더니 장난기 가득한 꼬마 아이의 얼굴로 변해 버렸다.

어린 시절을 떠올릴 때 늘 함께했던 아이의 얼굴.

언제부터인지 기억은 나지 않지만 영원히 볼 수 없었던 얼굴이었다.

흐릿한 기억이 완벽해지고 의심이 확신으로 변했을 때 진소영의 눈동자에선 어느새 눈물이 흐르고 있었다.

"너, 너……."

진소영은 말을 잇지 못했다. 덜덜 떨리는 손을 들어 진유검의 얼굴을 더듬었다.

"이제 기억했나 보네. 늦기는 했지만 그래도 기억해 주는 사람이 있어 좋다. 오랜만에 집에 왔는데 아무도 몰라주면 섭하잖아."

진유검이 활짝 웃었다.

"미… 안. 미안해. 못 알아봐서 하지만……."

진소영은 뚝뚝 떨어지는 눈물을 훔치지도 못했다.

"알아. 어머니가 말씀하셨지. 이곳에선 내가 죽은 줄 알고 있어서 쉽게 알아보는 사람이 없을 거라고. 아, 아니다. 할아버지가 계셨지."

"그래, 다들 그렇게 알고 있…….."

고개를 끄덕이며 수긍하던 진소영의 표정이 갑자기 변했다.

"어머… 니? 지금 어머니라고 했어?"

"그래, 어머니."

"서, 설마 어… 머니가 살아… 계셔?"

질문을 던지는 진소영의 목소리엔 기대와 떨림, 간절한 염원이 섞여 있었다.

"살아계셔."

"아!"

진유검의 한 마디에 힘이 빠져 버린 진소영이 그 자리에서 주저앉으려 하자 진유검이 얼른 그녀를 안아 들었다.

"어, 어머니는 어쩌서? 대체 어찌 된 일이야? 지금 어디에 계시고?"

진소영이 격정에 찬 음성으로 질문을 해댔다.

"괜찮아. 건강하시지. 어머니 얘기는 나중에 자세히 얘기해 줄게. 일단 몸이나 챙겨. 자꾸 그렇게 놀라면 아기한테 안 좋다니까."

진유검의 말에 진소영이 멍한 눈으로 바라보다 물었다.

"그, 그건 어떻게 알았어?"

"딱 보면 알아. 그나저나 그 꼬맹이 누나가 아기를 갖다니

이거 영 실감이 나지 않는데. 내 기억 속에 누나는 이런 모습이 아니었는데 말이야."

"그건 너도 마찬가지야. 아니. 한 가지는 똑같네."

"뭐가?"

"사람 놀래키는 재주가 있다는 것. 난 정말이지……."

죽은 줄 알고 있던 동생이 눈앞에 살아 돌아온 것도 그렇고 이미 장례까지 치른 어머니가 멀쩡히 생존해 있다는 소식은 그야말로 정신을 혼미하게 만들 정도로 충격적인 것이었다.

"자, 우리의 감격적인 해후는 이것으로 잠시 마치자고. 인사를 할 사람도 있고 또 해결해야 할 문제가 조금 있는 것 같으니까."

진소영의 양팔을 가볍게 두드린 진유검이 그와 진소영의 대화를 들으며 경악에 가득 차 있는 좌중을 둘러보았다.

어이없는 눈으로 바라보는 곽정산과 유강, 그리고 놀람 속에서도 환하게 웃고 있는 진호의 얼굴이 들어왔다.

진호에게 한쪽 눈을 찡긋한 진유검이 딱딱히 굳은 얼굴을 하고 있는 진선요와 진수화를 보며 말했다.

"막내 누나는 기억이 나지만 솔직히 큰누님이나 작은누님은 기억에 없네요. 그래도 얼굴을 보니 알겠어요. 두 사람 다 어머니를 닮았군요."

진유검의 말에 한동안 대답을 하지 못하던 진선요가 이를 악물며 말했다.

"네가 죽었다고 알려진 유… 우리 동생이라고?"

진선요는 유검이라는 이름이 기억에 나지 않는 듯 말을 얼버무렸다.

"이름도 기억하지 못할 정도로 오랜 세월이 지났군요. 그래도 서운한데요. 명색이 큰누님이, 아니, 작은누님인가?"

진유검이 자신을 향해 고개를 돌리자 진소영이 살짝 눈살을 찌푸리며 말했다.

"큰언니야. 아는지 모르겠지만 신도세가로 시집을 갔어."

"아! 역시 큰누님이었군요. 저들에게 얘기는 많이 들었어요. 시댁을 등에 업고 친정을 꿀꺽하려고 한다면서요?"

진유검이 수호표국 사람들을 슬쩍 가리키며 말했다.

"무, 무슨 소리를 하려는 거냐? 함부로 말하지 마라."

진선요가 당황하는 만큼 수호표국 사람들의 표정도 기괴하게 변했다.

"글쎄요. 그건 두고 보면 알죠."

진유검의 시선이 반가워해야 하는 것인지 아니면 그냥 모른 체해야 하는 것인지 판단을 하지 못하고 있는 진수화에게 향했다.

"둘째 누님도 마찬가지라고 들었어요."

"네가 어디서 무슨 소리를 들었든 헛소리에 불과하다. 그보다 네가 어릴 적 죽었다는 유검이 맞기는 맞는 거냐?"

진수화가 의심스런 눈초리로 물었다.

"그래도 둘째 누님은 내 이름을 기억하고 있었네요."

어깨를 으쓱인 진유검이 허극노를 향해 천천히 걸음을 옮겼다.

"저 기억하시겠습니까?"

진유검의 물음에 허극노가 고개를 흔들었다.

"의협진가의 둘째 공자라 주장하고 싶은 것이오? 낮이 익은 얼굴이기는 하나 솔직히 노부의 기억에 있는 얼굴은 아니오."

"그럼 다시 묻지요. 제가 의협진가의 둘째 아들이라는 가정하에 어르신께선 제게 벌모세수(伐毛洗髓)를 시전해 주신 적이 있을 겁니다. 아닌가요?"

허극노의 입이 쩍 벌어졌다.

"그, 그걸 어떻게……."

"원래 고통을 준 사람은 기억을 못해도 고통을 받은 사람은 기억을 하는 법이라지요. 그때 제 나이 여섯 살밖에 되지 않았지만 당시 제게 고통을 준 다섯 분을 똑똑히 기억한답니다. 너무 아프고 힘들었거든요."

"저, 정녕 공자가 그때 대법을 받은 둘째 공자란 말이오?"

허극노가 도저히 믿기지 않는다는 얼굴로 물었다.

"그게 아니라면 제가 어찌 그 사실을 알고 있을까요? 의협진가에서도 극소수의 인원만 알고 있는 비밀을. 보십시오. 다들 무슨 소린지 이해를 하지 못하고 있는 것을요."

진유검이 놀라움을 감추지 못하고 있는 좌중을 가리키며 웃었다.

"그게 사실입니까, 사형?"

곽정산이 물었다. 잠시 침묵을 지키던 허극노가 고개를 끄덕였다.

"맞네. 오래전 가주님의 명을 받들어 다른 사형들과 함께 둘째 공자에게 벌모세수를 시켜주었네."

"허! 그런 일이."

명색이 의협진가의 장로로서 자신도 모르는 의협진가의 비밀을 알고 있다는 것은 진유검이 그의 말대로 죽었다고 알려진 의협진가의 둘째 아들일 가능성이 매우 높다는 것을 의미했다. 아니, 애당초 진소영이 진유검을 알아본 순간부터 이런 논란 자체가 웃기는 일이었다.

그리고 결정적으로 진유검의 의견에 힘을 실어주는 사람이 나타났다.

"도련님! 역시 둘째 도련님이 맞군요."

한 초로의 노인이 격정에 찬 외침과 함께 달려왔다.

가만히 그를 보던 진유검의 입꼬리가 좌우로 치솟았다.

"부총관 아저씨?"

"허허허! 기억하고 계셨군요."

"당연하지. 다른 사람은 잊어도 내가 어떻게 부총관 아저씨를 잊어?"

어릴 시절 진유검의 어린 치기에서 시작된 모든 투정과 장난을 받아주었던 사람으로 진유검의 기억에 진소영과 함께 가장 강렬하게 남아 있는 사람이 바로 그였다.

"그런데 아직도 부총관이야?"

"아닙니다. 총관 어른께서 돌아가신 오 년 전부터 미력하나마 총관 감투를 쓰고 있습니다."

"그럴 줄 알았어. 아저씨한테는 총관 자리가 잘 어울려."

"감사합니다. 그런데 이게 대체 어찌 된 일이랍니까? 저는 도대체가 이해를 할 수가 없습니다. 어째서 멀쩡하게 살아계신 둘째 도련님을 죽었다고……."

진유검이 총관의 말을 잘랐다.

"그냥 넘어가. 원래 이 집안에 비밀이 많아."

의문 가득한 얼굴로 바라보는 총관에게 씨익 웃어준 진유검이 지금의 상황을 어찌 받아들이고 행동을 해야 할지 갈팡질팡하고 있는 진선요와 진수화, 그리고 신도세가와 무창상단의 무인들을 의미심장한 눈빛으로 바라보며 말했다.

"자, 이것으로써 내가 의협진가의 둘째 아들인 것을 확실하게 판명이 난 것 같군요. 맞지요?"

누구 하나 대답을 하지 않았다.

애당초 대답을 기대하지 않은 진유검이 허극노에게 고개를 돌렸다.

"어르신께 묻겠습니다."

진유검을 의협진가의 후예로 인정한 허극노가 공손히 허리를 숙였다.

"허 장로라 불러주십시오."

"그게 편하시다면요. 허 장로님께 묻겠습니다."

"하문하십시오."

"아버지가 돌아가시고 형님까지 돌아가신 지금 후계 문제가 많다고 들었습니다."

"그렇습니다. 형님이 남기신 진호 공자가 있지만 아무래도……."

허극노가 진호를 보며 말끝을 흐리자 다시금 진호에게 눈짓을 보낸 진유검이 말했다.

"저라면 어떻습니까?"

"예?"

허극노가 눈을 동그랗게 뜨고 되물었다.

"형님이 돌아가신 지금, 의협진가의 가주에 오를 사람은 저밖에 없다고 봅니다만."

"지당하신 말씀입니다."

"혹 이의가 있으신 분들이 있을지 모르겠습니다."

진유검이 진선요와 진수화의 반응을 살피며 말하자 허극노가 정색을 하며 대답했다.

"누가 감히 이의를 제기하겠습니까? 이는 곧 의협진가에 대한 반역입니다."

허극노가 후계자 문제에 있어 중립적인 위치에 있던 자들과 신도세가와 무창상단 쪽으로 힘을 실어주었던 자들을 노려보며 호통을 쳤다.

허극노의 기세에 눌린 것인지 아니면 의협진가의 정식 후계자가 등장했기 때문인지 허극노의 눈길을 받은 사람 중 누구도 입을 열지 못했다.

"그럼 지금 이 순간부터 제가 의협진가를 대표해도 큰 문제는 없겠군요."

"물론입니다."

허극노를 필두로 지금껏 중립을 지켰던 자들까지 일제히 진유검의 권위에 대해 인정을 하는 듯한 모습을 보였다.

진선요가 뭐라 반론을 제기하려 하자 여회가 이를 말렸다.

진호의 문제라면 지금처럼 억지로라도 핑계를 만들어 끼어들 여지가 있었으나 진유검이 전대 가주의 동생이자 의협진가의 핏줄이 확실하다면 출가를 한 진요선이나 진수화는 후계자 자리를 논할 명분 자체도 없었다.

"자, 그럼 본가를 대표하는 사람으로서 두 분 누님께 질문을 좀 하겠습니다."

부드럽기 그지없는 진유검의 표정에 반해 진선요와 진수화의 얼굴은 딱딱하게 굳어 있었다.

"잘 듣고 신중히, 아주 신중히 대답해 주세요. 거짓말은 할 생각하지 말고요. 본가를 떠나 십칠 년 동안 별짓을 다하다 보니 제가 참과 거짓을 가려내는 눈 정도는 가지게 되었거든요."

"귀신이 따로 없지요."

전풍이 자신도 모르게 추임새를 넣었다.

진유검을 비롯하여 좌중의 모든 시선이 자신에게 향했지만 전풍은 아무렇지도 않다는 듯 고개를 빳빳이 세우고 있었다.

"그러니까 정말 신중히 대답해 줘야 합니다."

반짝반짝 빛나던 진유검의 눈빛이 무겁게 가라앉기 시작했다.

"삼 년 전, 부모님께서 항주로 떠나신 일이 있습니다. 다들 눈치를 채셨겠지만 멀리 떨어져서 외롭게 지내고 있는 이 막내아들을 만나기 위함이셨지요."

진소영이 손을 뻗어 진유검의 손을 가만히 쥐어주었다.

"두 분께서 항주로 오시는 과정에서 정체를 알 수 없는 자들의 공격이 있었습니다. 아버지는 쉽게 당하지는 않으셨습니다. 치열한 격전이 펼쳐졌고 두 분을 공격했던 무리의 피해가 속출했지요. 하나, 제아무리 뛰어난 고수시라 해도 어머니를 보호하시면서 또 밤낮을 가리지 않고 이어지는 공격에 언제까지 버티실 수는 없었습니다."

　진소영이 참지 못하고 울음을 터뜨렸다.

　"결국 아버지는 항주 인근에서 목숨을 잃으셨습니다. 어머니는 아버지의 희생으로 간신히 위기를 탈출하여 제게 오셨고요. 그게 삼 년 전의 일입니다."

　진유검이 잠시 말을 멈췄을 때 그의 얼굴엔 부드러운 웃음이 자리하고 있었다. 하지만 그 웃음이 또 다른 모습의 분노, 살기라는 것을 모르는 사람은 없었다.

　"그리고 일 년 후, 아버지를 대신해 가주에 오르신 형님과 조카마저 참변을 당하는 일이 벌어졌습니다."

　당시의 비극을 떠올린 것인지 의협진가의 무인들의 안색이 참담하게 일그러졌다.

　"뭐, 다들 아실 테니까 각설하고. 묻겠습니다."

　진유검이 진선요와 진수화의 얼굴에 시선을 고정했다.

　"당시의 일을 누님들께선 알고 계셨습니까?"

　"무슨 소리를 하려는 거냐?"

"설마 우리가 그랬다는 거야?"

진선요와 진수화가 거칠게 반발했다.

진유검이 웃으며 손을 내저었다.

"하하! 그렇게 흥분하실 일은 아니고요. 그저 아니면 아니라고 말씀하시면 됩니다. 설마 아버지가 돌아가신 일에 관여가 되어 있었던 것은 아니겠지요?"

"말도 안 되는 소리!"

"네가 무슨 의도로 그런 질문을 하는지 관심도 없고 또 대답할 가치도 없지만 물어보니 대답은 해주마. 당연히 모르는 일이다. 무창상단 또한 전혀 관계가 없고."

언성을 높이는 진선요와 진수화는 진심으로 화가 난 듯 보였다.

진유검이 환한 미소를 지으며 고개를 끄덕였다.

"역시. 제 생각대로였습니다. 다행입니다. 그런데 형님과 조카의 일에는 어떻습니까?"

진유검의 거듭된 질문에 진선요가 불같이 화를 냈다.

"참으로 버릇없는 아이구나. 네 아무리 어린 나이에 가족과 떨어져 홀로 지낸 탓에 세상물정을 모른다고 해도 한 번도 아니고 어찌 그따위 질문을 연이어 할 수 있단 말이냐? 오라비와 조카를 죽이려 하는 동생도 있다더냐?"

진수화도 지지 않고 목소리를 높였다.

"네가 그런 질문을 하는 이유를 알겠다. 항간에 떠도는 소문을 들은 것이겠지. 그런 오해가 있는 것은 우리도 알지만 후계 문제로 오랫동안 말이 많다 보니 그런 소문이 불거진 것일 뿐 우리와는 전혀 상관없는 일이다."

진수화가 처연한 표정으로 좌중을 둘러보며 말을 이었다.

"그래, 솔직히 욕심은 조금 부렸다. 하나, 이는 오라버니와 조카가 변을 당한 이후의 행동이었다. 내가 아무리 욕심이 많기로서니 그런 패륜을 저지를 만큼 독하지는 않아."

진수화가 진유검을 똑바로 바라보았다.

"내가 오라비와 조카를 죽였느냐고? 다른 사람이 어찌 생각할지는 모르겠지만 하늘에 맹세코 절대로 아니다."

실로 당당하기 그지없는 진수화의 말은 그녀와 무창상단을 의심했던 의협진가의 사람들까지 수긍을 할 정도로 상당한 설득력이 있었다.

그러나 진유검은 생각이 다른 듯했다.

"그렇게 당당한데 손가락은 뭘 그리 파르르 떤답니까?"

"뭐?"

진유검이 피식 웃음을 터뜨렸다.

"그렇잖아요. 입에서 나오는 말은 시종일관 당당하고 자신감 넘치는 것 같은데 어째서 거짓말을 하는 사람처럼 눈동자는 좌우로 흔들리고 손가락은 떨릴까요? 그걸 감추기 위해 주먹을 쥐긴 했는데 이를 어쩌나요? 이미 내 눈에는 누님의 행동이 파악이 되어버렸는걸요."

"그, 그런 말도 안 되는 소리는……."

"됐어요. 누님이 굳이 변명을 하지 않아도 대충 파악은 되었으니까."

진수화의 말을 자른 진유검이 진선요를 바라보았다.

"솔직히 조금은 의외였습니다. 관계가 있다면 무창상단보다는 아무래도 신도세가 쪽이라 생각했는데요. 그런데 제 예상과는 달리 누님은 정말 모르고 있었네요."

"다, 당연하지!"

진선요가 기뻐해야 하는 것인지 화를 내야 하는 것인지 판단하지 못하고 엉거주춤한 표정으로 고개를 끄덕였다.

"하지만 누님이 결백하다고 신도세가의 결백까지는 확실하게 믿지 못하겠습니다. 지금까지의 행태가 믿음을 주기엔 영 그렇더군요."

"함부로 말하지 마시오. 신도세가는……."

목청 높여 항변을 하려던 여회의 음성은 천천히 고개를 돌리는 진유검과 시선이 마주치는 순간 그대로 끊기고 말았다.

'무, 무슨 놈의 눈빛이.'

여회는 착 가라앉은 진유검의 눈빛에 숨이 턱 막히는 느낌을 받았다.

지금껏 접해 보지 못한 이질적인 기운.

뭔가 일이 단단히 틀어지고 있다는 불안감이 엄습했다.

여회를 간단히 침묵시킨 진유검이 다시 진수화를 향해 말했다.

"그런데 무창상단은 더 웃기더란 말이지요. 의협진가가 아무리 동네북으로 전락하고 있다고는 해도 신도세가 정도는 되어야 일이 잘못되었을 때 그 뒷감당을 할 수 있을 텐데요. 무창상단이 전력을 다해 힘을 기르고 있는 것을 알고는 있지만 아직 본가를 상대할 수 있다고 생각하지 않는데 대체 무슨 배짱이었을까요?"

"무, 무슨 소리를 하고 있는 게냐?"

진수화가 하얗게 질린 얼굴로 물었다.

말투를 보니 진유검은 자신과 무창상단이 오라비와 조카를 암살했다고 단정하는 것 같았다.

"무슨 소리는요? 욕심이 있다고 해도 무창상단은 단독으로 의협진가를 도모할 수 없다. 그럼에도 그런 짓을 할 수 있었던 배경엔 무엇이 있는 것일까? 하는 의문이지요."

진유검의 시선이 진수화가 아니라 그녀의 뒤에 있는 오련신검에게 향했다.

의협진가로 오기 전, 복천회 무창지부에 들른 진유검은 본가에서 벌어진 세력 다툼으로 인해 제대로 조사가 되지 못한

형과 조카의 암살 사건에 대해 비교적 자세히 파악할 수 있었다.

당시 세인들의 의심 섞인 시선은 신도세가와 무창상단을 향해 쏠려 있었지만 정작 가장 중요한 인물이라 할 수 있는 살수에 대해선 그다지 알려진 바가 없었다.

하지만 복천회는 단순히 의협진가에 원한이 있다고 알려진 살수가 천하제일의 살수단체로 알려진 음부곡(陰府谷)에서도 특별히 관리되는 살수임을 밝혀냈다.

복천회 무창 지부장은 세간의 예상대로 음부곡의 살수를 고용한 곳이 바로 신도세가와 무창상단 중 하나일 것이라 점찍고 정확한 배후를 밝히기 위해 집요하게 파고들었다.

그다지 큰 성과는 없었으나 어떤 면에선 상당히 중요할 수 있는 소득이 있었으니 조사 과정에서 근래 들어 신도세가와 치열한 경쟁을 펼치고 있는 이화검문이 무창상단과 깊숙한 관계를 맺고 있다는 것을 확인한 것이었다.

진유검은 복천회가 조사한 정보를 바탕으로 두 누님에게 질문을 던졌다.

성과는 분명히 있었다.

이제는 그 성과를 거둬들이는 과정만이 남았을 뿐이다.

"그래서 혹시 무창상단의 배후에 신도세가처럼 본가를 무시할 수 있는 세력이 버티고 있는 것은 아닐까 하는 생각을 해보았지요. 그런데 제 생각이 맞았네요."

진유검이 가볍게 발을 구르자 땅바닥에 굴러다니던 돌멩이 몇 개가 튀어 올라 손으로 빨려 들어왔다.

"그럼 정체를 밝혀 볼까요?"

말이 끝나는 것과 동시에 손에 들린 돌멩이 하나가 오련신검을 향해 날아갔다.

그럴듯한 말과 행동과는 달리 진유검의 공격은 생각 외로 보잘것없었다.

진유검의 손을 떠난 돌멩이는 마치 동네 꼬마 아이가 돌팔매질을 하는 것처럼 느릿느릿 날아갔다.

잔뜩 긴장하고 있던 진수화가 어이없다는 표정을 지었다.

그가 아는 한, 오련신검은 이곳에 모인 그 누구보다 강한 고수다.

몸 상태가 정상이 아니라고 여겨지는 곽정산은 애당초 상대가 될 수 없고 허극노 정도만이 그나마 겨뤄볼 수 있겠지만 이미 팔십을 바라보는 허극노는 노쇠할 대로 노쇠하여 과거의 위용은 사라진 지 오래였다.

신도세가의 수장이라 할 수 있는 여회 또한 오련신검의 상대는 될 수 없었다.

그런 엄청난 고수를 상대로 진유검이 도발을 한 것이다. 그것도 누가 보더라도 어처구니없는 수법으로.

대부분 사람들의 생각이 진수화와 비슷했고 심지어 신임 가주(?)에 대해 나름 기대를 했던 의협진가 무인들은 실망감을 감추지 못했다.

하지만 몇몇 사람의 반응은 달랐다.

그들은 오련신검을 향해 날아가는 돌멩이가 얼마나 위험한 것인지 정확하게 파악하고 있었다.

이를 증명이라도 하듯 돌멩이를 바라보는 오련신검의 반응이 실로 가관이었다.

오련신검은 딱딱히 굳은 얼굴로 주변의 수하들을 물리고 필생의 적을 상대하듯 전신의 기운을 끌어모아 애검 연혼(蓮魂)에 집중시켰다.

느릿하게 움직이던 돌멩이가 접근하자 오련신검은 생사를 겨루는 사람처럼 전력을 다해 검을 휘둘렀다.

오색 연화가 검끝에서 흩뿌려지며 주변을 완벽히 장악하더니 접근하는 돌멩이를 단숨에 집어삼켰다.

오련신검의 독문무공이자 그를 이화검문의 최연소 장로로 만들어준 검법을 직접 보게 된 이들은 오직 한 가지 생각뿐이었다.

그렇잖아도 작은 돌멩이가 가루가 되어 아예 흔적도 없이 사라지거나 아니면 날아오는 것보다 몇 배는 빠른 속도로 튕겨져 나가 오히려 진유검의 목숨을 노릴 것이라고.

거대한 충돌음과 함께 사람들의 예측은 간단히 빗나갔다.

진유검이 던진 돌멩이는 가루가 되지도 튕겨져 나가지도 않은 채 처음 상태 그대로 느릿느릿 전진을 하고 있었다.

속도는 분명히 더 느려졌지만 목표물을 향해 움직이는 것만은 틀림없었다.

오련신검이 돌멩이의 움직임을 막아보고자 죽을힘을 다하고는 있었으나 조금씩 뒤로 밀리는 것이 아무래도 역부족인 듯싶었다.

"저, 저런 말도 안 되는!"

오련신검의 실력을 익히 알고 있는 여회가 두 눈을 부릅뜨며 경악성을 내뱉었다.

집채만 한 바위도 능히 반으로 쪼갤 수 있는 오련신검이 주먹보다 작은 돌멩이 하나도 제대로 막아내지 못해 쩔쩔매는 것을 보고 있자니 말이 나오지 않았다.

"호오. 대단한데요. 주군의 공격을 막아내는 것을 보면 상당한 고수가 틀림없습니다. 그렇지 않습니까, 누님?"

마치 오랫동안 알고 있던 사이처럼 자연스럽게 진소영에게 접근한 전풍. 그의 천연덕스런 태도에 진소영은 어색한 웃음을 흘리고 말았다.

"저게 간단해 보여도 만만치 않은 공부거든요. 지금 돌멩이에 실린 기운이라면 어지간한 건물 하나는 가루로 만들어버릴 겁니다."

전풍의 말에 진소영이 무겁게 고개를 끄덕였다.

"그런 것 같군요. 그나저나 돌멩이에 저만한 힘을 실으려면 전력을 다했을 텐데 괜한 부상이나 당하지 않을지 모르겠어요."

진소영의 말이 끝나기가 무섭게 전풍의 입에서 헛웃음이 흘러나왔다.

진소영이 의아한 눈으로 쳐다보자 전풍이 얼른 고개를 숙여 사과했다.

"하하하! 죄송합니다. 누님이 너무 어이없는 말씀을 하셔서 제가 실수했네요."

"어이가 없다니요?"

진소영의 미간이 살짝 모아졌다.

그것을 미처 보지 못한 전풍이 진유검을 가리키며 떠들어댔다.

"전력을 다한다고요? 누가요? 주군이요? 에이, 말도 안 되는 소리지요. 지나가는 개가 웃어요. 전력은 저기 검을 들고 설치는 작자가 하는… 으악!"

신나게 떠들어대던 난데없이 비명을 지른 전풍이 펄쩍 몸을 띄웠다.

거의 동시에 그의 발아래로 진유검이 던진 돌멩이가 날아와 박혔다.

돌멩이의 크기에 비해 움푹 패인 땅의 넓이는 수십 배에 달했다.

간발의 차이로 돌멩이를 피한 전풍이 황급히 고개를 흔들었다.

"그, 그게 아니고요. 누님께서 너무 걱정을 하시는 것 같아서요."

"누님? 미친 거지?"

진유검이 도끼눈을 뜨고 노려보자 전풍은 조용히 입을 다물었다. 그리곤 진소영의 뒤로 슬며시 숨었다.

"하아! 정말 웬수다."

전풍의 뻔뻔함에 진유검은 고개를 절레절레 흔들고 말았다.

"기가 막히는군."

"이걸 어찌 해석해야 한단 말인가!"

진유검을 지켜보던 모든 이가 놀라움과 경악을 넘어 이젠 허탈감이 가득한 얼굴 표정을 하고 있었다.

오련신검과 같은 고수를 상대하다 전혀 엉뚱한 일까지 신경을 쓸 정도의 여유. 자만심이나 만용이 아니라는 가정하에 그 강함이 도저히 상상이 되지 않았다.

곁에서 지켜보는 사람들이 진유검의 행동 하나하나에 놀

라고 경악하며 탄성을 내뱉고 있을 때 죽을힘을 다해 돌멩이를 막던 오련신검은 평생 동안 쌓아온 자신의 모든 것이 일거에 무너지는 참담함을 경험하고 있었다.

"으드득!"

피가 나도록 이를 간 오련신검이 떨림이 멈추지 않는 손에 억지로 기를 불어넣으며 검을 꽉 움켜잡고, 지면을 박차고 뛰어올랐다.

기습이라고 해도 상관이 없었다.

등을 보이고 있는 상대를 공격하는 비겁자라 손가락질 받아도 상관없었다.

지금은 죽음보다 더 끔찍한 패배감과 비참함을 걷어내 줄 수 있는 상대의 붉은 피만이 간절히 필요할 뿐이었다.

단 한 번의 도약으로 삼장이란 거리를 좁히고 진유검의 코앞에서 착지를 한 오련신검.

다시금 지면을 박차는 두 다리가 폭발할 듯 부풀어 오르고 그 힘이 고스란히 전해진 검이 빛살처럼 쏘아나갔다.

진소영은 진유검의 어깨너머로 북풍한설보다 더욱 차갑고 섬뜩한 한기를 내뿜으며 짓쳐 드는 오련신검의 모습에 비명을 질렀다.

"위험해!"

진소영이 날카로운 비명 소리가 사람들의 귓가에 전달되

기도 전, 오련신검의 검은 이미 진유검의 등으로 파고들었다.

곳곳에서 안타까운 탄식과 비명이 터져 나왔다.

전풍과 노닥거리던 진유검의 손이 슬쩍 움직인 것이 바로 그쯤이었다.

진유검의 손짓에 따라 진소영의 허리춤에 매달려 있던 검이 스르릉 뽑혀 날아왔다.

가볍게 검을 낚아챈 진유검의 몸이 빙글 돌았다.

사람들이 눈으로 확인한 것은 바로 거기까지였다.

이후, 맹렬히 공격을 하던 오련신검이 어째서 검을 잃고 양팔이 잘린 채 입에선 피분수를 뿜으며 무참히 튕겨져 나갔는지를 확인한 사람은 아무도 없었다.

도대체 진유검의 검이 얼마나 강력하기에 만년한철로 만들었다는 오련신검의 애검을 산산조각 낸 것인가?

얼마나 빨랐기에 오련신검과 같은 고수의 양팔을 자르고 치명적인 내상을 입힐 동안 아무도 그것을 확인하지 못한 것일까?

그에 대한 대답을 해줄 사람은 이 모든 상황을 만들어낸 진유검과 기습 공격을 하다가 상대의 통렬한 반격에 비참하게 고꾸라진 오련신검뿐이었다.

그러나 오련신검 또한 자신이 어떻게 당했는지 명확하게 알지 못했다.

연신 검붉은 피와 잘린 내장 조각을 토해내는 오련신검이 기억하는 것이라곤 공격의 성공을 확신하는 자신을 무심히 바라보던 진유검의 서늘한 눈빛, 그 눈빛에 이어 날아든 한줄기 섬광이 전부였다.

그 섬광에 몸이 잠시 반응했고, 그 반응이 끝났을 때 애검은 산산조각이 났으며 양팔이 잘린 것은 물론이거니와 온몸의 기경팔맥은 가닥가닥 끊어져 다시는 회복하기 힘든 치명타를 입고 말았다.

단언컨대 무림에 이보다 더 빠른 쾌검은 없으리라!

"무… 공 이름… 을 알 수 있겠나?"

오련신검이 숨을 헐떡이며 물었다.

잠시 생각에 잠겼던 진유검이 조용히 대답했다.

"단섬(斷閃)."

"단… 섬. 내 목숨을 거둬… 갈 수 있는 자격이… 무… 공에 걸맞은 멋… 진 이름… 이야."

그 말을 끝으로 입가에 미소를 띤 오련신검의 고개가 힘없이 떨궈졌다.

평생을 검에 목숨 걸었던 오련신검답게 처음이자 마지막으로 접해보는 검의 경지는 자신의 죽음마저도 잊게 만들었다.

오련신검의 죽음이라는 충격 앞에 모든 이가 입을 다물었다.

숨 막히는 침묵과 긴장감이 그들을 무겁게 짓눌렀지만 감히 입을 여는 사람이 없었다. 그저 두려운 눈으로 진유검의 다음 행보를 지켜볼 뿐이었다.

오련신검이 숨이 끊어지는 것을 확인한 진유검이 손에 든 검을 휙 던졌다.

우아한 포물선을 그리며 날아간 검이 진소영의 검집에 부드럽게 안착했다.

"잘 썼어."

"그, 그래."

진소영이 얼떨결에 고개를 끄덕였다.

"왜 그렇게 놀란 얼굴을 해? 이제부터 시작인데. 그렇지 않소, 둘째 누님?"

진유검의 물음에 파랗게 질린 얼굴로 서 있던 진수화는 그 자리에 주저앉고 말았다.

"마지막으로 묻겠습니다. 이번 일에 무창상단은, 아니, 누님은 어느 정도까지 관여한 것입니까?"

진유검의 얼굴은 더 이상 웃고 있지 않았다.

"나, 나는……."

진수화가 쉽게 대답을 하지 못하고 말을 더듬자 진유검이 차갑게 말했다.

"경고하지요. 내게 거짓말을 통하지 않습니다. 사실대로 얘기하는 게 좋을 거예요. 무창상단이, 누님이 직접 관여한 것입니까?"

"아, 아니야. 그건 아니야!"

진수화가 황급히 고개를 흔들었다.

"이화검문이 주도를 했다는 말이군요."

이화검문이란 말에 진수화가 깜짝 놀랐다.

"그, 그걸 어떻게……."

"그것도 모르고 질문을 던질까요? 무창상단의 뒤에 이화검문이 있다는 것은 이미 파악했습니다. 방금 목숨을 잃은 자가 이화검문의 장로인 오련신검이라는 것도요."

"그, 그걸 알면서 그랬다는 거야? 이화검문의 장로라는 것을 알면서도?"

진수화는 진유검의 말에 더욱 경악을 금치 못했다.

제아무리 협의니 정의니 떠들어대도 무림에서 살아남으려면 결국 힘이 있어야 했고 이화검문은 그 힘의 정점에 이른 세력 중 하나였다.

이유야 어찌 되었든 그런 이화검문의 장로를 격살했다는 것은 차후 중대한 문제가 발생할 수 있었다. 어쩌면 의협진가의 생존과도 직결될 수 있는 문제였다.

"이화검문의 장로가 어쨌다고요."

진유검이 심드렁한 표정으로 대꾸했다.

"이화검문이 절대 가만있지 않을 거야."

"가만있지 않으면요? 음부곡의 살수를 동원해서 형님과 조카의 목숨을 빼앗은 놈들이 무슨 염치가 있다고요. 누님은 뭔가 착각을 하고 있네요. 가만있지 않을 사람은 이화검문이 아니라 오히려 접니다."

진유검의 오만한 말과 자신감 넘치는 태도에 진수화는 할말을 잃었다.

"누님 말대로 직접 관계가 없다면 무창상단과 누님은 어떤 역할을 했지요? 아무것도 몰랐다는 말은 하지 말고요."

"자금… 을 댔어."

진수화가 체념한 음성으로 대답했다.

"뭐라고! 지금 오라버니와 조카를 죽이는 살수를 고용하는 데 돈을 댔다는 거야?"

진소영이 불같이 화를 내며 소리쳤다.

진유검은 전풍에게 신호를 보내 당장에라도 달려들 것 같은 진소영을 움직이지 못하게 했다.

"처음엔 정말 몰랐어. 그 돈이 오라버니와 그 아이를 해치는 데 쓰이는 것인 줄은."

"그걸 믿으라고!"

전풍의 팔을 뿌리치려고 몸부림치던 진소영이 원독에 찬 눈빛으로 악을 썼다.

"당시 무창상단에선 무창에서 세력을 키우고 있는 흑월방을 어떻게 하면 몰아낼 수 있는지 고민을 하고 있던 중이었으니까. 설마하니 이화검문에서 살수를 고용하고 그 목표가 오라버니라는 것은 상상도 못했어."

"하지만 금방 알게 되었지요? 명색이 무창상단의 안방마님이 그걸 모를 리가 없잖아요."

"그래, 알게 되었지."

"하지만 외면했고요."

"……."

진수화는 침묵으로 진유검의 말을 인정했다.

"정말 인간도 아니야! 어떻게 오라버니를!"

진소영은 눈물을 줄줄 흘리며 의협진가가 떠나가라 절규했다.

"어쨌든 되었습니다. 상황이 그쯤 되면 돌이키려 해도 쉽지는 않은 법이니까요. 이화검문이 순순히 따라줄 리도 없고요. 그렇지만 의도하지 않았다고 해도 그 또한 죄지요. 결코 용서할 수 없는 죄입니다."

진수화가 두려움 가득한 눈으로 바라보자 진유검이 한쪽 입꼬리를 올리며 조용히 말했다.

"그래도 너무 걱정은 하지 마요. 살려는 드릴 테니까."

농담처럼 던지는 진유검의 말에 진수화는 물론이고 둘의

대화를 듣고 있던 모든 이가 자신도 모르게 흠칫거렸다.

"전풍."

"예, 주군."

흥분해 날뛰는 진소영을 달래느라 진땀을 빼고 있던 전풍이 얼씨구나 하고 달려왔다.

"일의 원흉이 확실하게 밝혀졌으니 일단 놈들을 잡아야겠다. 넌 지금부터 도주하려는 놈을 잡아라. 살려둘 필요 없으니 도망치려는 놈들은 그 자리에서 참살해."

"알겠습니다."

명을 받은 전풍이 작금의 심각한 상황과는 전혀 어울리지 않는 걸음걸이와 몸짓으로 물러났다.

엉성해 보이는 그의 외모와 행동에 눈살을 찌푸리는 자들이 제법 있었지만 전풍의 진면목을 아는 수호표국의 사람들은 경천동지라는 말이 어울릴 정도로 독보적인 전풍의 경공술을 어쩌면 다시 볼 수 있다는 기대를 하며 그의 일거수일투족을 놓치지 않으려 했다.

"이화검문의 무인들은 지금 즉시 앞으로 나와 무릎을 꿇어라."

진유검이 무창상단의 호위대를 바라보며 말했다.

"어차피 모든 일은 윗대가리들이 꾸미는 것이고 책임을 물어도 그 작자들에게 묻는다. 개인적으로 밑에 사람들한텐 원한이 없으니 빨리 나와라. 안전을 보장하지."

하지만 저마다 진유검의 눈치만 볼 뿐 아무도 움직이는 사람이 없었다.

"거부하면 모두 죽는다. 이화검문은 물론이고 무창상단의 호위들까지."

진유검의 말은 큰 파장을 불러왔다.

오련신검을 단 일수에 쓰러뜨린 진유검의 실력을 감안했을 때 결코 불가능한 일이 아니었다.

"다섯을 세겠다. 하나."

진유검은 생각할 여유조차 주지 않고 그들을 몰아붙였다.

"둘."

소란스럽기만 할 뿐 여전히 앞으로 나서는 사람은 없었다.

"셋."

진유검이 손을 뻗었다.

그러자 검집을 빠져나온 진소영의 검이 다시금 그의 손에 빨려 들어왔다.

그것을 보는 이들의 안색이 시꺼멓게 변했다.

"넷."

무심히 넷을 헤아린 진유검이 천천히 검을 들었다.

우우웅.

맑은 공명음과 함께 검끝에 청광이 어리기 시작하자 숨쉬

기도 힘들 정도의 공포감이 좌중을 휘감았다.

"다……."

진유검이 다섯을 헤아리기 직전 생각지도 못한 일이 벌어졌다.

"나, 난 아닙니다. 사, 살려주십시오."

공포를 이기지 못한 호위대 중 한 명이 그 자리에 주저앉으며 목숨을 구걸했다.

그것을 시작으로 호위무사들이 앞다투어 자리에 앉았고 결국 이화검문의 무인들만이 자리에 서 있게 되었다.

죽음을 두려워한 이화검문의 제자 몇이 호위대를 따라 슬며시 자리에 앉았지만 행여나 진유검의 분노를 살까 두려워한 호위대의 거센 반발로 인해 다시 일어설 수밖에 없었다.

"다섯."

숫자를 다 헤아린 진유검이 그들을 향해 검을 뻗었다.

순간, 검끝에서 부드럽게 뻗어 나간 기운이 서 있는 자들을 스치고 지나갔다.

이화검문 제자들의 입에서 거의 동시에 비명이 터져 나왔다.

비명을 내지르며 취하는 동작도 같았다.

한결같이 왼쪽 귀를 부여잡고 있었는데 손가락 사이로 붉은 피가 줄줄 흘러내렸다.

"원했던 방식은 아니었지만 그래도 결과는 같았으니 목숨은 살려준다."

단 일검으로 스무 명의 왼쪽 귀를 잘라 버린 진유검이 검을 원위치로 돌린 후, 유난히 참담한 얼굴을 하고 있는 중년인에게 말했다.

"그대들은 이제부터 의협진가의 포로다. 알아서 처신하는 게 좋을 거다. 전풍."

"예, 주군."

"모조리 포박해. 반항하면 네 마음대로 하고."

"알겠습니다."

역시 신나게 달려온 전풍이 호위대 사이를 헤집고 다니며 이화검문 제자들의 마혈을 제압했다.

몇몇 제자가 반항하려는 행동을 취하자 방금 전, 진유검에게 경고를 받은 중년인이 그들의 움직임을 막았다.

목숨을 잃은 오련신검을 대신해 이제는 수하들을 이끌게 된 그는 진유검의 무공이 어느 정도인지 똑똑히 경험했다.

말 한마디, 행동 하나에 자칫하면 몰살을 당할 수도 있다는 생각을 했다.

전풍이 이화검문 제자들의 마혈을 모조리 제압하고 한쪽 구석으로 몰아가는 것을 지켜보던 진유검이 모든 것을 체념한 채 어깨를 축 늘어뜨리고 있는 진수화와 과연 자신에겐 어

떤 불똥이 다시 튈 것인지 바짝 긴장하고 있는 진선요를 향해
말했다.

"일단 형님과 조카 문제는 이것으로 마무리를 짓도록 하지
요."

"그럼 이제 끝난 거니?"

진선요가 조심스레 물었다. 부디 그랬으면 좋겠다는 바람
이 얼굴에 그대로 드러났다.

"하하하! 농담이죠?"

진유검이 눈을 동그랗게 뜨고 되물었다.

"뭐?"

"아직 해결해야 할 일이 하나 더 있잖아요."

"무슨……."

"우리 큰누님이 까마귀 고기를 드셨나 봅니다. 어떻게 방
금 전의 일을 잊죠?"

당황한 진선요를 대신해 여회가 나섰다.

"방금 전 일이라면 이미 해명을 한 것으로 아오만."

"그건 신도세가의 일방적인 주장이었습니다. 받아들이는
쪽에서 이해를 하지 못하는데 어찌 해명이 될까요?"

"맞습니다. 저들의 주장은 그저 이 상황을 벗어나기 위해
거짓으로 꾸며댄 것이 틀림없습니다."

조금 전까지 신도세가와 격한 대치를 했던 곽정산이 진유

검이라는 천군만마를 등에 업고 목청을 높였다.

분위기에 밀리면 끝장이란 생각을 하고 있던 여회도 물러서지 않았다.

"애써 덮고자 했던 본가의 치부를 드러내면서까지 해명을 했소. 이만하면 오해를 풀고자 최선을 다했다고 생각하는데 어찌 그런 억지를 부리는 것이오?"

"억지? 기가 막히는군. 대체 억지는 누가 부리고 있는 것인가?"

허극노의 갈라진 음성이 좌중을 쩌렁쩌렁 울렸다.

"우린 더 이상 할 말이 없소. 의협진가를 공격했던 신도광이 본가의 핏줄임은 인정하지만 반역의 죄를 저지르고 본가에서 축출된 이상 도의적인 사과는 할 수 있을지 모르나 그가 저지른 죄를 본가가 뒤집어쓸 수는 없는 노릇이오."

여회는 진유검의 반응을 살피며 최대한 조심스럽게 신도세가의 입장을 대변했다.

"도의적의 책임이라. 재밌군요."

조용히 미소 지은 진유검이 불안한 눈초리로 자신을 바라보고 있던 진선요에게 물었다.

"큰누님의 생각은 어떻습니까?"

"생각… 이라니?"

"저자가 정말 신도세가와 관계가 없다는 겁니까?"

진유검이 마혈을 제압당한 채 무릎을 꿇고 있는 신도광을 가리키며 물었다.

"장로님께서 말씀하셨다시피 이미 가문에서 축출된……."

"신도광을 사로잡은 사람이 바로 접니다."

전풍이 얼른 끼어들었다.

"부단주라는 놈은 제가 잡았습니다."

"……."

전풍을 슬쩍 노려본 진유검이 다시 말을 이었다.

"저자를 직접 상대한 제가 혈수단이 우리를 공격할 때 어떤 의도를 가지고 공격을 한 것인지 모를 거라 생각해요?"

진유검의 말이 빨라졌다.

"다 떠나서 누님의 말씀이, 신도세가의 주장이 옳다고 했을 때 그럼 어째서 저자와 혈수단은 다른 곳도 아니고 의협진가를, 그것도 위험에 빠진 수호표국을 돕기 위해 움직인 지원군을 공격한 것일까요? 신도세가에 반기를 들어서 축출됐다는 자들이 어째서 신도세가를 위하는 행동을 하느냐 말입니다."

"그, 그건 나도 모른다. 내, 내가 어찌 알겠느냐?"

황급히 도리질을 치는 진선요의 이마엔 식은땀이 흐르고 있었다.

잠시 숨을 돌린 진유검이 신도광 등과 나란히 무릎을 꿇고 있는 사내를 가리켰다.

"저자는 무창상단의 간자입니다."

무창상단이란 이름이 다시 거론되자 진수화의 몸이 부르르 떨렸다.

"무창상단이 근래에 아주 심혈을 기울여 육성하고 있는 청룡단에서 활동하는 자라고 하더군요. 그자의 말에 따르면 무창상단은 항주에서 출발하는 표행을 공격하고 신도세가는 의협진가에서 움직이는 지원군을 공격하기로 미리 약속을 했다는군요."

진유검이 진호를 향해 천천히 걸어갔다. 그리곤 그의 머리를 가볍게 쓰다듬으며 말을 이었다.

"이를테면 서자이기는 하나 후계 구도에서 가장 유력한 공동의 적을 제거하기 위해 잠시 잠깐 손을 잡은 것이라고나 할까요."

진유검이 가리키는 공동의 적이 자신임을 알기에 고개를 숙이는 진호의 표정은 무척이나 슬퍼보였다.

"힘을 내. 이제는 괜찮아."

어느새 곁으로 다가온 진소영이 진호의 손을 가만히 잡아주었다.

"아참, 둘째 누님은 딴소리하지 마세요. 무창상단이 녹림과 암혼각이라는 살수단체를 이용하여 수호표국을 공격한 것은 이미 확인이 된 사항이니까요. 그것도 한 번이 아니라 두 번씩이나."

진수화가 뭐라 입을 열려는 찰나 진유검의 차가운 한마디가 그녀의 말을 끊었다.

"더 이상 변명하단 다 죽어요."

다 죽는다는 말에 새파랗게 질린 진수화가 필사적으로 자신의 입을 틀어막았다.

진유검이 진선요에게 다시 물었다.

"어쨌건 큰누님과 신도세가에선 저자의 말도 당연히 부정하겠지요?"

어쩔 줄 몰라 하는 진선요를 대신해 여회가 나섰다.

"상황을 알지 못하니 부정할 수도 없소. 저 간자의 말대로 무창상단과 가문에서 축출된 신도광이 암중으로 연계를 했는지는 모르겠소이다. 하나, 이 또한 앞서 말씀드린 대로 신도세가와는 아무런 연관이 없소이다."

"닥쳐랏! 이렇듯 버젓이 증거가 있거늘 어찌 그리 뻔뻔하단 말이냐!"

곽정산은 말만 번지르르 해대며 빠져나갈 구멍만 찾는 여회를 향해 노골적으로 살기를 드러냈다.

"큰누님도 같은 생각인가 봅니다."

진유검의 질문에 움찔한 진선요가 조심스레 눈치를 살피

며 고개를 끄덕였다.

"좋습니다. 신도세가에서 그렇게 주장한다면 할 수 없는
것이겠지요."

자신들의 주장이 먹혔다고 생각한 여회와 진선요의 얼굴
이 환해졌다.

"그럼에도 불구하고 우리는 믿지 못하겠습니다. 그냥 믿어
주기엔 우리가 당한 피해가 너무 큽니다."

"하면 어쩌시겠다는 것이오? 설마 우리, 아니, 신도세가와
싸우기라도 하겠다는 말이오?"

여회가 신도세가를 들먹이며 노골적인 협박을 했다.

"이건 협박이로군요."

진유검의 조소에 여회는 아차 싶었다.

이화검문의 장로까지 단칼에 베어버린 진유검에겐 협박
자체가 통하지 않는다는 것은 이미 뼈저리게 느끼고 있는 터.
말이 길어지다 보니 헛소리가 튀어나온 것이다.

"못 싸울 것 같습니까?"

진유검이 하얗게 웃으며 반문했다.

11장

도의적 책임(責任)

한 노인이 침상에 누워 있었다.

목내이(木乃伊:미라)처럼 말라비틀어진 몸, 거죽밖에 남지
않은 얼굴엔 검버섯이 검게 피어올랐으며 눈가엔 진물이 잔
뜩 끼어 있다.

이미 몇 년 전부터 병석에 있었고 삼 년 전부터는 그 병세
가 급격히 악화되어 이제는 숨을 쉬고 있는 것 자체가 기적인
노인.

이제는 모든 사람에게 잊혀진, 죽은 듯 누워 있던 의협진가
의 태상가주 진산우(陳山雨)가 천천히 눈을 떴다.

힘겹게 상체를 일으키고 어렵사리 가부좌를 틀자 그의 등 뒤로 연기처럼 다가오는 사내가 있었다.

"무염(無炎)이더냐?"

"예, 제가 돕겠습니다."

가볍게 고개를 끄덕인 진산우가 운기를 시작했다.

오랫동안 병석에 있던 몸이었지만 사내의 도움을 받은 진산우는 비교적 쉽게 기운을 차릴 수가 있었다.

오랫동안 몸을 괴롭혀온 병세가 나아지거나 과거의 건강한 몸을 되찾은 것은 아니다.

그저 침상 밖으로 나가 조금이나마 움직일 수 있는 여력을 지니게 된 것이다.

"그 아이는 어디에 있느냐?"

"아직 정문에 있습니다."

진산우가 침상 밖으로 나오며 말했다.

"정문으로 가자꾸나."

"괜찮으시겠습니까? 제가 공자님을 모셔오겠습니다."

진산우가 병석에 있을 때부터 암중으로 그를 보호해 무염이 걱정 가득한 얼굴로 말했다.

"아니다. 오랜만에 집으로 돌아온 아이를 이렇게 우중충한 침상에서 보고 싶지는 않구나. 녀석에게 해준 것 하나 없어도 명색이 할애비가 아니더냐? 노부가 직접 나가 반갑게 맞이하는 쥐야지."

"하지만 그리되면 태상가주께서 건재하신 것을 모든 사람이 알게 됩니다."

"허허허! 건재는 무슨. 당장 관에 누워도 시원치 않거늘. 그리고 이제는 알려져도 상관없다. 녀석이 돌아오지 않았느냐?'

이제는 기억조차 희미해져 버린 어린 손자의 얼굴을 애써 떠올리는 진산우의 얼굴엔 넉넉한 웃음이 자리하고 있었다.

*   *   *

"신도세가에 대한 자부심이 하늘을 찌르는군요. 하지만 여기는 의협진가입니다. 설마하니 의협진가가 신도세가를 두려워한다고 생각하는 것은 아니겠지요?'

진유검의 신랄한 어조에 여회는 뭐라 대구를 하지 못했다.

"침묵은 긍정으로 알겠습니다."

"아, 아니오. 노부가 하고자 하는 말은……."

당황한 여회가 말을 더듬자 진유검은 더 이상 말을 섞기 싫다는 듯 착 가라앉은 음성으로 말했다.

"좋습니다. 믿어달라니 믿어주겠습니다."

"공자님!'

곽정산이 대경하여 진유검을 불렀다.

진유검은 별다른 대꾸 없이 말을 이어갔다.

"그러나 방금 말씀드렸다시피 그냥 믿어주기엔 우리가 잃은 것이 너무 많습니다."

"무엇을 원하는 것이오?"

여회가 침을 꿀꺽 삼키며 물었다.

"도의적인 책임 운운했습니다. 맞습니까?"

"그랬… 소만."

여회가 떨떠름한 표정으로 고개를 끄덕였다.

"전 신도세가에서 그 도의적인 책임을 지기를 원합니다."

순간, 여회의 얼굴이 확 일그러졌다.

그에 반해 조마조마한 심정으로 얘기를 듣고 있던 진선요는 진유검이 도의적인 책임을 거론하자 오히려 밝은 표정이 되었다.

"책임질게. 그 정도는 해줘야 서로의 면이 서겠지. 어떻게 보상을 해줄까?"

"보상은 됐습니다. 피해보상은 수호표국의 표행을 막기 위해 무던히도 애쓴 무창상단에게 철저하게 받아낼 생각이니까요."

"그럼 뭐를 원하지?"

진유검의 분위기가 이상했는지 밝았던 진선요의 얼굴이

조금 굳어졌다.

"그냥 팔 하나씩 떼라고 하죠. 무기를 든 팔 말고 그 반대쪽 팔."

설마하니 그런 황당한 요구를 할 줄 상상도 하지 못한 진선요의 입이 쩍 벌어졌다.

진유검이 도의적 책임 운운할 때부터 뭔가 불길한 예감을 가지고 있던 여회의 얼굴빛이 썩은 감자처럼 검게 변해 버렸다.

"농이 지나치시오, 공자."

"농처럼 들리십니까?"

"하면 어찌 그리 무리한 요구를 하는 것이오?"

"무리한 요구라."

여회의 반문에 코웃음을 친 진유검이 전풍에게 물었다.

"전풍, 내가 무리한 요구를 하는 거냐?"

전풍이 단호히 고개를 흔들었다.

"전혀요. 저 작자들이 아직 주군의 성질머리를 잘 몰라서 그렇습니다. 이에는 이, 칼에는 칼. 받으면 받은 만큼, 아니, 그 몇 배로 돌려주고 마는 주군이 지금 얼마나 큰 이해와 양보를 하고 있는지 말이지요. 솔직히 제가 이해가 안 갑니다. 뭘 그리 참습니까? 그냥 쓸어버리고 끝내지."

질문을 던졌던 전풍은 스스로 답을 찾아냈다.

"아참! 큰누님이 계셨지요. 운이 좋은 놈들입니다. 덕분에 목숨은 구하겠네요."

모두가 들으라는 듯 떠들어대던 전풍은 괜한 질문을 했다고 자책하는 진유검을 피해 슬그머니 진소영의 등 뒤로 몸을 숨겼다.

"들었습니까? 전혀 무리한 요구가 아니라는군요. 제가 지금 얼마나 참고 있는지도 설명도 했고. 자, 선택하십시오. 팔입니까, 목숨입니까?"

"정녕 신도세가와……."

"신도세가가 아니라 무황성 전체라도 상관없다고 말씀드릴까요?"

진유검이 차갑게 웃었다.

"마지막으로 묻겠습니다. 팔입니까, 목숨입니까?"

사안이 사안이니만큼 여회는 쉽게 대답하지 못했다.

여회의 머리가 빠르게 회전하기 시작했다.

가장 먼저 그의 눈에 싸늘하게 식어가는 오련신검의 주검이 들어왔다.

자신과 우열을 가릴 수 없는 상대를 단 일검에 무너뜨린 진유검의 무공은 그야말로 추측불가였다.

신도세가의 모든 제자와 합공을 한다고 해도 승부를 장담할 수 없었고 의협진가에서 그것을 그냥 두고 보지도 않을 것이다.

이미 진유검의 기세에 의해 완벽하게 당해 버린 무창상단의 도움은 애당초 기대하기가 힘들었다. 마혈을 제압당한 채 한쪽 구석에 처박힌 이화검문도 마찬가지였다.

'싸운다면 필패. 저자의 성정을 짐작컨대 모조리 죽는다.'

여회는 부드러운 웃음 속에 감추고 있는 진유검의 패도적인 기운을 제대로 파악했다.

'목숨을 연명코자 팔을 내준다면 이는 곧 본가의 명성에 먹칠을 하는 일. 어렵구나. 삶을 택하면 팔과 함께 명예까지 잃을 것이고 죽음을 택하면 최소한 명예는 지킬 수 있을 것이다. 하지만……'

여회는 초조한 얼굴로 자신의 결정을 기다리는 수하들에게 차마 죽음을 강요할 수 없었다.

선택의 기로에선 여회의 얼굴이 고통으로 일그러졌지만 진유검은 아랑곳하지 않았다.

"후자를 선택한 것으로 판단하겠습니다."

"자, 잠깐. 알았소. 그대의 제안을 받아드리겠소이다."

"제안을 받아드리는 것이 아니라 신도세가가 책임을 지는 겁니다. 도의적인 책임."

"어쨌건 상관은 없소. 하지만 노부도 조건이 있소."

"조건이라니요?"

진유검의 눈썹이 꿈틀댔다.

"무인에게 있어 팔은 생명과도 같은 것이오. 아무리 도의적인 책임을 진다고는 하나 최소한 한 번의 기회는 줘야 하지 않겠소?"

"지금 상황에서 그런 요구가 가당치도 않다는 생각도 들고 또 무슨 말을 하는 것인지 이해하기가 쉽지는 않지만 어디 그 조건이라는 걸 들어볼까요?"

"고맙소."

차분히 심호흡을 한 여회가 진유검의 눈을 똑바로 쳐다보며 말했다.

"방금 전, 오련신검을 쓰러뜨린 무공은 잘 보았소. 실로 가공할 만한 쾌검이었소이다."

진유검은 아무런 말도 하지 않았다. 애당초 대답을 기대하지 않았다는 듯 여회의 말은 계속 이어졌다.

"노부 또한 평생을 쾌검의 극의를 쫓았고 어느 정도 경지에 이르렀다고 자부하는 사람. 그대와 찰나의 승부를 펼쳐보고 싶소."

진유검과 승부를 원한다는 여회의 말에 다들 경악을 금치 못했다.

"그게 어떤 의미인지는 아시는 겁니까?"

진유검이 조용히 물었다.

"알고 있소."

"그런데 어째서 스스로 목숨을 버리려는 겁니까?"

"목숨을 버리려는 것이 아니라 기회를 잡으려 함이오."

"불가능할 겁니다."

"불가능에 도전해 보겠소."

여회의 고집스런 태도에 진유검도 더 이상 토를 달지 않았다.

"원하는 대로 해드리지요. 전풍."

진유검이 외침에 전풍이 진소영의 허리춤에 매달려 있던 검집을 가지고 번개같이 달려왔다.

"선공을 양보하지요."

어찌 보면 광오할 수도 있고 어찌 보면 무례할 수도 있는 말이었지만 그것이 절대적인 자신감임을 알기에 여회는 별다른 반응을 보이지 않았다.

오히려 그런 진유검의 자신감의 표출을 기다렸다는 듯 그를 향해 성큼성큼 걸어갔다.

처음엔 여회의 의도를 몰라 잠시 당황하던 진유검은 반장까지 접근한 여회가 걸음을 멈추고 왼발을 앞으로 내딛고 상체를 살짝 비틀며 묘하게 자세를 잡자 비로소 그가 말한 찰나의 승부라는 것이 무엇을 의미하는지 알 수 있었다.

'누구의 검이 빠른지 겨루자는 것이군.'

도전을 피할 그가 아니다.

천천히 앞으로 걸어간 진유검은 여회처럼 최상의 발검술을 보여줄 자세를 취하지 않았다. 그저 오른쪽 다리를 반 족장 앞으로 내뻗고 양팔을 자연스럽게 아래로 늘어뜨린 것이 전부였다.

시작을 알리는 신호는 없었다.

서로에게 다가가던 두 사람의 움직임이 멈췄을 때 승부는 이미 시작되었다.

여회는 최대한 호흡을 길게 유지하며 자신의 몸 상태를 최상으로 만들고 서서히 진유검의 허점을 찾고자 했다.

선봉을 양보한다고 했으니 먼저 검을 뽑지는 않을 터.

찰나에 승부가 가려지는 상황에서 그것만으로도 이미 승부는 끝난 것이나 다름없었다.

그런 자신감이 사라지기까지 오랜 시간이 걸리지 않았다.

진유검에겐 허점이 많았다. 많아도 너무 많았다.

그게 오히려 문제였다.

진유검 정도의 고수가 그런 허점을 보인다는 것 자체가 있을 수 없는 일. 허점이라 생각한 곳이 오히려 치명적인 함정으로 작용할 수 있었다.

한 번 그런 생각을 하기 시작하자 모든 것이 엉키기 시작했다.

순식간에 반각의 시간이 흘렀다.

여회는 움직이지 않았다.

정확히 말하자면 움직일 수가 없었다. 아직 그는 진유검의 약점을 찾지 못했다.

다시 반각의 시간이 흘렀다.

여전히 여유 넘치는 진유검과는 달리 여회의 전신은 이미 땀으로 푹 젖었다. 특히 이마를 타고 흐른 땀방울이 자꾸만 눈으로 스며들어 와 집중력을 흔들리게 만들었다.

극한까지 끌어올려 긴장감을 유지하고 있던 전신의 근육이 조금씩 아우성치기 시작했다.

시간을 더 지체하면 아무것도 해보지 못한 채 스스로 자멸할 수밖에 없다는 위기감이 전신을 휘감기 시작할 때, 어떤 반전의 계기를 간절하게 원한 그의 바람 때문인지 아니면 그냥 서로를 마주보고 있는 자세 그대로의 승부가 지루했던 하늘의 심술인지 두 사람 사이로 제비 한 마리가 날아들었다.

배가 바닥에 닿을 정도로 낮게 날던 제비가 두 사람의 몸에서 뿜어져 나온 기세에 놀란 것인지 갑자기 하늘로 치솟았다.

정말 짧은 순간이었다.

여회는 하늘로 날아오르는 제비의 날개가 진유검의 시야를 가리는 그 찰나의 순간을 놓치지 않았다.

단 한 번 찾아온 절호의 기회.

어쩌면 처음이자 마지막이 될 기회를 결코 놓치고 싶지 않았던 여회의 의지가 전신의 세포를, 그리고 극한의 긴장감을 유지하고 있던 근육을 움직였다.

왼손 엄지로 검집을 살짝 치켜 올리는 것과 동시에 뒤틀린 허리가 원래의 자리로 돌아가며 일으킨 폭발적인 힘이 오른손에 전달되었고 그 힘에 의해 뽑혀진 검은 가공할 속도로 상대의 심장을 가를 것이다.

원래의 의도는 그랬다.

하지만 오른손이 막 검을 뽑아 올릴 때, 전신에 충만했던 힘이 모래성처럼 사라지고 칼날 같은 감각을 유지했던 세포들은 갑자기 자취를 감추었으며 폭발할 듯 팽창했던 근육들마저 물먹은 만두처럼 풀어져 버리고 말았다.

그 모든 것이 동시에 이뤄졌으니 그가 원한대로 찰나의 순간에 승부가 끝나버린 것이다.

툭.

고작 손가락 한마디 정도밖에 뽑히지 못한 검이 검집채 땅에 떨어지고 '심장이 반으로 쪼개진 여회의 몸이 중심을 잃고 비틀거렸다.

"노… 부의 명… 을 잊지 마… 라."

마지막 숨결을 짜내 수하들에게 당부의 말을 전한 여회의 몸이 힘없이 무너져 내렸다.

숨을 거둘 때까지 진유검을 향한 그의 눈빛은 미소를 띠었던 오련신검과는 달리 아쉬움으로 가득했다.

오련신검에 이어 여회까지 목숨을 잃자 좌중의 반응은 극과 극으로 나뉘었다.

수장을 잃게 된 신도세가는 그야말로 초상집과 다름이 없었고 막대한 피해보상을 예고 받은 무창상단의 반응도 그들과 다르지 않았다.

그에 반해 의협진가의 무인들은 진유검이 이름만으로도 산천초목을 떨게 만드는 고수 두 명을 연거푸 무너뜨리자 작지만 어떤 곳보다 강했던 의협진가의 본 모습을 되찾을 수 있을 것이란 기대감에 마음껏 환호를 보냈다.

그 기대감은 신도세가의 무인들이 여회의 명에 따라 스스로의 팔을 잘라내는 굴욕적인 모습을 만들어내던 순간 절정에 이르렀다.

바로 그때, 후원 쪽에서 너털웃음이 들려왔다.

"허허! 오랜만에 집으로 돌아와서는 아예 피바람을 일으키는구나."

그다지 크지 않은 음성이었지만 진유검의 귀에는 천둥보다 더 크게 들렸다.

웃음소리를 따라 번개처럼 몸을 돌린 진유검이 무염의 부축을 받고 서 있는 진산우의 존재를 확인했다.

굳은 얼굴로 진산우의 얼굴을 바라보던 진유검의 눈동자가 어느 순간 크게 확장했다.

그의 입에서 떨리는 음성이 흘러나왔다.

"할… 아… 버지?"

진유검이 단박에 자신을 알아보자 진산우는 놀라면서도 반가웠다.

"허허! 그 세월이 얼마인데. 이 할애비를 알아보겠느냐?"

당연했다.

어린 시절, 단 하루도 진산우의 무릎을 떠나본 적이 없던 진유검에게 진산우는 부모 이상으로 뇌리에 각인된 존재였다.

"그럼요. 한데 병석에 누워 계시다고 들었는데 괜찮으신 건가요?"

진유검이 걱정스런 얼굴로 진산우의 모습을 살폈다.

얼굴에 드러난 혈색이며 전체적으로 느껴지는 기운이 병세가 위중한 건 틀림없어 보였다.

"네가 왔다는데 마냥 누워 있을 수는 없었지. 한데 이곳은 아직 정리가 되지 않은 것이더냐?"

진산우가 좌중을 둘러보며 물었다.

난데없는 진산우의 출현에 너무 놀라 아무런 말도 하지 못하고 있던 이들이 그제야 비로소 허겁지겁 무릎을 꿇으며 예를 차렸다.

"태상 가주님을 뵙습니다."

의협진가와 수호표국의 표사들은 물론이고 잘린 팔을 부여잡고 고통에 신음하던 신도세가 무인들, 무창상단의 호위대도 엉겁결에 무릎을 꿇었다.

"다들 오랜만이군."

그들을 향해 가벼운 웃음과 손짓으로 인사를 대신하던 진산우가 한 팔을 잃고 처참한 몰골로 무릎을 꿇고 있는 신도세가 무인들을 보며 미간을 찌푸렸다.

"본가의 아이들은 아닌 것 같은데 저들은 누구더냐?"

"큰아가씨를 수행하여 온 신도세가의 무인들입니다."

무염이 속삭이듯 말했다.

"신도세가? 한데 저들이 어째서 저 꼴이 된 것이냐?"

무염이 대답을 하기 전, 진유검이 담담히 대꾸했다.

"도의적 책임을 지고자 스스로 팔을 잘랐습니다."

"도의적 책임?"

"예, 수호표국의 표행을 지키기 위해 본가를 떠난 지원군이 공격을 받았는데 그들의 정체가 신도세가에서 은밀히 키운 혈수단이더군요. 저기 처박혀 있는 놈들이 포로로 잡은 단주와 부단주입니다."

진유검이 가리키는 곳으로 잠시 눈길을 돌린 진산우가 고개를 끄덕였다.

"흐음. 그래서?"

"본가에 도착해서 신도세가에 확인을 해보니 혈수단은 이미 죄를 짓고 신도세가에서 축출된 자들이더군요. 신도세가에선 혈수단이 저지른 일과는 전혀 관계는 없지만 그대로 도의적인 차원에서 책임을 지겠다며 팔을 잘랐습니다. 덕분에 큰 오해는 막을 수 있었습니다."

한쪽 팔을 자른 것이 그들의 자의가 아니라 사실상 진유검의 협박에 의해 선택한 것임을 아는 사람들이 어이가 없다는 얼굴로 진유검을 바라보았지만 진유검은 당당했다.

진유검의 설명과 사람들의 반응을 살핀 진산우는 상황이 어찌 돌아가고 있는지 단번에 눈치챘다.

오해고 뭐고를 떠나 신도세가 정도의 힘을 가진 곳이 스스로 팔을 자르며 굴복했다는 것은 그들로 하여금 그런 선택을 할 수밖에 없도록 만든 이유가 있을 것이고 다름 아닌 진유검이라는 것을.

[둘째 공자님께서 이화검문의 장로 오련신검과 신도세가의 장로 여회의 목숨을 거두셨습니다.]

당시 상황을 간단히 덧붙이는 무염의 전음에 진사우는 크게 대견해하는 얼굴로 진유검을 바라보았다.

"그만 들어가자꾸나. 듣고 싶은 얘기가 참 많다."

"예, 할아버지."

무염의 부축을 받으며 걸음을 옮기던 진산우가 문득 걸음을 멈추고 뒤를 돌아보았다.

"쯧쯧, 욕심이 뭐라고."

분노보다는 안타까움이 가득 담긴 음성과 눈빛에 진선요와 진수화는 감히 고개를 들지 못했다.

혀를 차며 다시 걸음을 옮기는 진산우.

이번엔 뒤를 따르던 진유검이 몸을 돌렸다.

"아, 잠시 잊고 말씀드리지 않았네요. 총관 아저씨."

진유검이 총관을 불렀다.

"예, 공자님."

"수호표국이 무창상단에 어느 정도의 보상금을 불러야 하는지 계산을 해주세요. 표물이야 저들 것이었으니 상관은 없겠고 표행으로 인해 목숨을 잃은 표사, 쟁사수, 그리고 그들을 지원하기 위해 나섰던 본가 제자들의 목숨에 대한 보상까지도요. 사람의 목숨을 돈을 따지는 것이 좀 그렇기는 해도 최소한 그들의 희생으로 남은 가족들만이라도 제대로 건사해야지요. 확실하게 계산하세요."

"알겠습니다."

총관이 이를 꽉 깨물며 대답하는 것이 아주 제대로 작심한 듯싶었다.

두 사람의 대화를 듣는 진수화의 표정이 암담해졌다.

총관이 대체 얼마를 요구할지 전혀 감이 오지 않았다.

"그리고 곽 장로님."

"예, 공자님."

곽정산이 얼른 허리를 숙였다.

"무창상단은 보상을 할 것이고, 신도세가는 팔 하나씩을 희생하며 도의적인 책임을 졌습니다. 이제 나머지 한 곳에도 책임을 물어야겠습니다."

"나머지 한 곳이라고 하시면……."

"저놈이 있지 않습니까?"

진유검의 시선을 따라 고개를 돌리던 곽정산은 고개를 푹 숙이고 있는 적사를 보곤 이를 꽉 깨물었다.

"그렇군요."

"시간 끌 것 없이 오늘밤에 책임을 묻겠습니다. 아참, 큰누님."

진유검이 진선요에게 고개를 돌렸다.

"항간의 소문에 의하면 흑월방의 뒤에 신도세가가 있다고 하던데 맞는 얘깁니까?"

"그, 그게……."

항간의 소문 정도가 아니라 흑월방의 뒷배가 신도세가라는 것은 이제 동네 꼬마 아이도 다 알고 있을 정도로 정설로 굳어진 상태였으나 진유검이 원하는 대답이 무엇인지 알 수 없었던 진선요는 쉽사리 대답하지 못했다.

"큰누님은 잘 모르시는 것 같으니 다른 사람에게 물어야겠네요."

진유검이 진선요의 곁에서 여회를 대신하고 있는 중년인에게 시선을 돌렸다.

"질문은 들었을 테니 대답해 보시지요. 신도세가가 정말 흑월방의 뒤에 있습니까?"

중년인 역시 쉽게 대답을 하지 못했다.

잡혀온 포로 중 한 명이 흑월방의 행동대장 적사임을 확인한 그는 진유검이 지금 무엇을 원하는지 눈치챘다.

'무창에서 본가를 지우려 함인가?'

그렇다고 흑월방의 뒤에 신도세가가 있다고 당당히 밝힐 수도 없는 것이 그랬다간 팔 하나로 겨우 마무리 지은 신도세가의 개입, 혹은 책임론이 또다시 불거질 것이기 때문이었다.

흑월방의 행동대장이 혈수단과 함께 포로로 잡힌 상황에서 그가 단독으로 혈수단과 손을 잡았다는 평계는 구차할 뿐이다. 애당초 믿지도 않겠지만.

결국 답은 하나뿐이었다.

"항간의 소문은 소문일 뿐 본가가 어찌 흑월방 같은 무뢰배 집단과 연관이 있을 수 있겠습니까? 낭설일 뿐입니다."

대답을 마친 중년인이 힘없이 고개를 떨궜다.

엄청난 상권을 자랑하는 무창의 밤을 지배하기 위해 신도세가가 흑월방에 투자한 인원과 자금은 만만치 않았다.

신도세가가 지금처럼 힘을 키우는 데 가장 결정적인 역할을 한 곳이 흑월방이라는 말이 나올 정도로 매달 흑월방에서 거둬들이는 자금의 규모는 가히 상상하기 어려울 정도였다.

그런 흑월방을 포기해야 하는 상황이니 그 참담함은 뭐라 말로 할 수 없을 지경이었다.

"역시 그럴 줄 알았습니다. 들으셨지요, 장로님?"

"예, 아주 잘 들었습니다."

곽정산이 비웃음이 가득한 음성으로 대답했다.

"제가 직접 갈 것이니 굳이 많은 인원은 필요 없고 흑월방에 대해 자세히 알고 있는 제자 몇 명만 붙여주십시오. 싹 쓸어버리지는 않더라도 최소한 도의적 책임은 물어야 할 테니까요. 아, 참고로 지금 이 순간부터 흑월방을 치는 오늘밤까지는 본가의 담을 넘는 그 무엇도 없어야 할 것입니다."

정보의 유출을 철저하게 차단하라는 말에 곽정산은 쩌렁쩌렁 울리는 음성으로 대답했다.

"공자님의 명을 받습니다."

진유검은 두 눈을 질끈 감아버리는 중년인의 표정이 참담하게 일그러지는 것을 확인하곤 몸을 돌려 무염과 함께 진산우의 몸을 부축했다.

＊　　＊　　＊

"눕지 않으셔도 괜찮으시겠습니까?"

진유검이 침상이 아니라 의자에 앉는 진산우를 걱정스런 눈길로 바라보았다.

"아직은 괜찮아."

부드러운 웃음으로 진유검의 걱정을 일축시킨 뒤 앉으라 손짓했다.

진유검이 진산우와 마주앉아 전풍도 슬그머니 옆자리를 꿰차고 앉았다.

무염의 제지로 진소영은 물론이고 의협진가의 누구도 처소에 들지 못했지만 막무가내로 들이대는 전풍만큼은 그 역시도 막아서지 못했다.

진유검이 연신 눈치를 주었지만 아랑곳없이 버티던 전풍은 그와 진유검과의 관계를 묻는 진산우의 질문에 온갖 미사여구를 동원하며 자신의 존재를 피력했고 결국 너털웃음을 터뜨린 진산우의 허락으로 자리에서 쫓겨나지 않을 수 있었다.

"병세가 심각하다고 하셔서 걱정을 많이 했습니다."

"네가 보기엔 어떠냐?"

진유검이 한숨을 내쉬며 답했다.

"솔직히 좋지 않아 보이십니다."

"맞다. 좀 오래 살아보려고 아등바등 아무리 용을 써 봐도 세월이라는 놈이 만만치가 않구나."

진유검의 표정이 너무 어둡자 진산우가 농을 던졌다.

"그래도 네가 보다시피 당장 죽을 정도는 아니니 걱정은 말거라."

"사람들은 할아버지께서 그동안 의식을 회복하지 못하신 것으로 알고 있습니다. 어째서 식솔들을 속이고 병세가 위중하신 것으로 가장하신 겁니까?"

진유검의 물음에 진산우의 얼굴에 드리웠던 미소가 점차 사라졌다.

"의협진가를 지키기 위한 선택이었다."

"이해할 수가 없습니다."

진유검이 답답한 표정으로 고개를 흔들었다.

"일의 시작은 무황성의 후계자 싸움에서 시작되었다. 알고 있느냐?"

"예, 알고 있습니다."

"그렇다면 설명이 조금 쉽겠구나."

무염이 따라준 차를 가볍게 한 모금 들이켠 진산우가 말을 이었다.

"무황성의 후계자 싸움이 치열하게 벌어지기 시작하자 사람들의 시선이 바로 본가로 향했다. 무황성의 수호령주라는 지위를 가지고 있는 본가가 어찌 움직일지 촉각을 곤두세운 것이야. 결국 본가의 움직임을 두려워한 이들은 수호령주의 움직임을 막고자 당대 가주인 네 아비를 암살코자 했고 성공했다."

진유검이 가만히 입술을 깨물었다.

"이미 그때부터 병석에 누웠던 이 할애비가 할 수 있었던 것은 네 작은아비가 죽은 형의 복수를 하겠다고 뛰쳐나가며 맡겨두었던 물건을 숨기는 것뿐이었다."

진산우가 눈짓을 하자 무염이 목함 하나를 가져와 열었다.

목함 안에는 황금 수실로 치장된 옥패가 놓여 있었다.

"수호령주를 상징하는 신패다. 네 작은아비가 맡겨놓은 물건이지."

진유검이 진산우가 건넨 옥패를 만지며 물었다.

"무황성의 수호령주는 원래 본가의 가주가 맡는 자리 아니었나요? 어째서 작은아버지가……."

"너도 알다시피 본가에서 대대로 벌모세수를 받은 사람은 첫째가 아니라 둘째였다. 무영도로 들어가기 위해 준비된 둘째. 벌모세수를 시키기 위해선 희생을 해야 하는 것이 너무 많았다. 집에서 대를 잇고 편안히 세가를 이어받을 첫째는 처음부터 자격이 없는 것이야. 이는 진가운 조사께서 무황성을 도와 천하를 평정하기 이전부터 내려온 원칙. 네 작은아비도 어렸을 적에 세가의 장로들에게 벌모세수를 받았다. 하지만 너와는 달리 무영도에서 부르지 않아 그냥 세가에 머물렀던 것이고. 늘 그런 것은 아니지만 몇 대에 걸쳐 한 번씩 그런 일이 있기는 했다. 작은할애비에게 듣지 못했느냐?

"그건 들어 알고 있습니다."

"그럴 경우 무영도에 가지 않은 둘째가 수호령주가 되었다. 몇 차례 되지는 않았지만 그것도 나름의 전통이라면 전통이겠군. 어쨌든 그런 이유로 둘째가 수호령주가 되었다. 그것을 알 리 없는 놈들은 당연히 가주인 네 아비가 수호령주인 줄 알고 공격한 것이고."

진산우가 씁쓸히 웃을 때 진유검은 자신을 보내며 슬프게 웃던 작은아버지의 얼굴을 떠올렸다.

"그리고 가주가 되었던 네 형까지……."

당시 기억을 떠올린 진산우가 잠시 말을 잇지 못했다.

자식에 이어 손자까지 잃어야 했던 진산우의 마음을 어찌 모를까.

진유검이 덜덜 떨리는 진산우의 손을 가만히 잡아주었다.

진유검의 따뜻한 체온이 느껴지는 손을 한참 동안 쓰다듬던 진산우가 마음을 추스르고 말을 이었다.

"이 할애비는 움직일 수가 없었다. 오히려 더욱 움츠려 들 수밖에 없었지. 이 할애비가 아예 정신을 차리지 못하고 사경을 헤맨다고 알려진 것이 바로 그 시점이었을 게다. 그런데 궁금하지 않느냐? 이 할애비가 어째서 다른 것도 아닌 수호령 주의 신패를 지키기 위해서 그토록 애를 쓴 것인지."

전혀 생각해보지 않은 일이기에 진유검도 다소 당황한 듯 했다.

생각해 보니 이상하긴 했다.

세상 사람들 모두가 의협진가의 가주가 수호령주라 생각 하는데 차라리 지키려면 수호령주의 신패가 아니라 의협진가 가주의 상징이라 할 수 있는 인장(印章)을 지키는 것이 옳다 는 생각이 들었다.

"이유… 가 있는 것입니까?"

"있다. 신도세가가 자신의 핏줄인 아이를 내세워 본가를 노리는 이유도 바로 거기에 있는 것이지. 이화검문이 본가를 장악하기 위해 무창상단을 이용하는 것도 같은 이유다."

"그것이 무엇입니까?"

진유검이 숨을 몰아쉬며 물었다.

"수호령주에겐 무황성을 감찰하는 권한 말고도 한 가지가 더 있다. 아느냐?"

"혹, 추천권 말씀입니까?"

"맞다. 수호령주는 무황을 선출하는 데 추천권을 행사할 수 있다."

그때, 지금껏 잠자코 있던 전풍이 불쑥 끼어들었다.

"아니, 무황이라면 무림에서 이거 아닌가요?"

전풍이 엄지손가락을 치켜들며 말을 이었다.

"한데 그런 사람을 추천을 해서 뽑는다고요? 하, 애들 장난하는 것도 아니고. 당연히 강한 사람! 비무를 통해 가장 강한 사람을 뽑아야 하는 것 아닙니까?"

전풍은 마치 진산우가 잘못이라도 한듯 눈을 부릅뜨며 물었다. 물론 말이 끝나기가 무섭게 진유검의 손에 그대로 바닥을 굴러야 했지만.

"정신 나간 놈은 신경 쓰지 말고 계속 말씀하세요."

진유검이 전풍을 잡아먹을 듯 노려보며 말했다.

"허허! 고놈 참."

진유검의 시선을 피해 울상을 짓고 있는 전풍을 보며 너털웃음을 터뜨린 진산우가 그만하라는 손짓을 했다.

"네 말이 틀린 것만은 아니다. 후보자끼리는 당연히 비무도 한다. 하지만 그것이 전부는 아니야. 무황성주라는 자리는 말 그대로 천하의 지존. 단순히 무공만으로 뽑기엔 자리가 너무 중하구나. 해서 이런저런 시험을 통해 옥석을 가린다."

진유검의 위협에 물러나 있던 전풍이 퉁명스레 말했다.

"방금 전에는 추천을 해서 뽑는다고……."

진유검이 그의 입을 다시금 틀어막았다.

"바보냐? 추천을 해서 뽑는 게 아니라 후보를 추천할 권리가 있는 것이라고."

"……."

전풍이 슬며시 고개를 돌렸다.

"후보를 추천할 수 있는 사람은 무황 자신을 비롯하여 무황성의 장로, 호법 등으로 국한되어 있다. 다만 후보가 난립하는 것을 막기 위해 최소한 다섯 사람의 추천을 함께 받아야 후보에 오를 수가 있는데 오직 한 사람, 수호령주가 추천하는 사람은 이유 불문하고 후보자가 될 수 있다."

"하지만 할아버지. 고작 추천권을 얻자고 수호령주의 신패를 노린다는 것은 뭔가 조금 이상합니다."

어딘가 아귀가 맞지 않는다는 생각에 미간을 찌푸리는 진유검의 모습에 진산우의 표정이 의미심장하게 변했다.

"거기엔 또 하나의 비밀이 있다. 세외사패와의 싸움은 그야말로 중원 무림의 명운을 건 싸움이었다. 그랬기에 사공세가의 등장은 암흑 속에 비친 한줄기 서광이나 마찬가지였지. 이후, 수많은 이가 그 빛을 찾아 몰려들었고 무황성이 탄생되었으며 결국 세외사패를 물리칠 수 있었다."

진산우가 잠시 말을 멈췄지만 진유검은 별다른 질문을 하지 않았다.

지금 얘기는 무림인이라면 누구라도 알고 있는 것. 본격적인 얘기는 바로 다음부터라 여겼다.

"그 과정에서 혁혁한 공을 세운 이들이 있었다. 바로 천강십이좌(天罡十二座)라 불리는 자들이다. 들어보았느냐?"

잠시 생각을 정리하던 진유검이 고개를 흔들었다.

"들어본 적 없습니다."

"그렇겠지. 작은할애비도 몰랐을 거다. 이 할애비도 본가의 가주가 되고 수호령주의 신패를 받으면서 비로소 알게 된 것이니까."

자신에게 가주 자리를 넘겨주던 부친의 얼굴을 잠시 떠올린 진산우는 자신이 어느덧 당시 부친의 나이를 넘어섰음을 깨닫고는 허탈한 표정으로 한숨을 내쉬었다.

"후. 아무튼 세상에 드러나지 않았지만 당시 무황에게는 천강십이좌라 불리는 열두 명의 수하가 있었다. 아니, 수하라기보다는 친구였고 형제였던 사람들이다. 능히 한 지역의 패주가 될 수 있을 정도로 고강한 무공을 지녔던 그들은 전력을 다해 무황을 도왔고 세외사패를 무너뜨렸다. 중요한 것은 그들 역시 우리와 마찬가지로 모든 부와 명예, 영광을 뒤로 하고 은퇴를 했다는 것이다. 언제고 다시금 무림이 위험에 빠졌을 때 힘을 합치자는 약속과 함께 말이다. 그들은 약속의 징표로 무황에게 하나의 신물을 남겼다."

진유검과 전풍의 시선이 약속이라도 한듯 탁자에 놓인 수호령주 신패로 향했다.

"그래, 맞다. 애당초 신패에 적힌 '수호(守護)'라는 글귀는 수호령주를 상징함이 아니라 무림의 정기를 수호하겠다는 천강십이좌의 결의를 적은 것이다."

"그건 곧 수호령주가 천강십이좌를 움직일 수 있다는 말씀이군요."

"맞다. 그리고 이 사실을 아는 사람은 당시 무황을 모셨던 일부 가신들뿐이었다."

"신도세가!"

"이화검문까지 개입한 것을 보면 사대가신 모두가 알고 있다고 보는 것이 맞을 것이다."

"그래서 그렇게 가주직을 탐낸 것이군요."

진유검이 이를 뿌득 갈았다.

비로소 모든 의문이 풀렸다.

"그렇다. 설사 신패를 찾아내지 못한다고 하더라도 의협진가의 수장이 수호령주임은 세상이 다 아는 사실이니 가주만 된다면 천강십이좌 또한 움직일 수 있을 것이라 믿은 것이겠지."

"가능하지 않았을까요?"

"절대로. 천강십이좌는 오직 본가의 핏줄, 그리고 신패. 두 가지 조건을 모두 충족시켰을 때만 움직일 수 있다. 그것도 무림이 위기에 빠졌다는 전제하에서."

진산우가 단호히 고개를 저었다.

"쯧쯧, 결국 아무것도 모르는 병신들이 삽질만 열심히 한 셈이네요."

한심하다는 듯 혀를 차는 전풍의 반응에 멍한 얼굴로 바라보던 진산우가 방이 떠나가라 웃음을 터뜨렸다.

"허허허허! 그렇구나. 열심히 삽질을 한 것이야. 허허허!"

꽤나 오랫동안 웃음을 터뜨리던 진산우는 진유검이 따라준 차를 마시고서야 겨우 진정을 했다.

"참 재밌는 녀석이구나."

"흐흐흐! 제가 그런 말을 좀 많이 듣기는 합니다."

전풍이 어깨를 으쓱이며 말했다.

"그래, 앞으로도 손자 녀석 좀 잘 부탁하자꾸나."

"그건 걱정하지 마십시오. 제가 알아서 잘 건사를……."

"거기까지만 해."

전풍의 말을 재빨리 자른 진유검이 다시 급격히 어두워지는 진산우의 안색을 살피며 말했다.

"피곤해 보이십니다."

"조금 그렇긴 하다만 아직은 견딜 만하구나."

"그래도 쉬시는 것이 좋을 것 같습니다."

"아니. 지금껏 이 할애비의 얘기만 듣지 않았느냐. 이제 네 얘기를 조금 듣고 싶구나."

"제 얘기라고 해봐야 별것 없습니다."

진유검이 멋쩍은 웃음과 함께 얼버무리려고 하자 안 되겠다고 생각했는지 진산우가 질문을 했다.

"무공은 다 깨우친 거냐?"

"어느 정도는요."

어느 정도 가지고는 결코 무영도를 떠날 수 없다는 것을 알기에 진산우는 더없이 환한 표정을 지었다.

"하면 본가의 후예들이 더 이상 무영도로 갈 일은 없겠구나?"

"예, 제가 마지막입니다."

"이제야!"

진산우는 의협진가에 천형처럼 이어져 내려오던 숙명이 끝났음에 감격해했다.

한참이나 말을 잇지 못하던 진산우가 다시 입을 열었다.

"어째서 본가에 그런 숙명이 이어져 내려온 것이더냐?"

진산우의 질문에 오히려 진유검이 깜짝 놀라고 말았다.

"어째서라니요? 지금껏 모르셨습니까?"

"모른다. 나뿐만이 아니라 역대 가주 그 누구도 몰라. 우린 그저 초대 가주께서 물려주신 숙명을 완수하기 위해 진가의 후예를 무영도로 보내야 한다는 것만 안다. 물론 그 숙명이라는 것이 어떤 무공을 완성시키는 것이라는 것쯤은 알지만 대체 무슨 무공을, 어째서 완성시켜야 하는지는 전혀 알지 못한다. 누구도 가르쳐 주지 않았어. 무영도에 간 이들도 그에 대해서 아무런 언급을 하지 않았다. 혹 모르는 것은 아니겠지?"

진산우가 불안한 목소리로 물었다.

"아니요. 작은할아버지께서 말씀해……."

진유검이 말끝을 흐리며 얼굴을 찌푸렸다.

"뭔가 짚이는 것이라도 있느냐?"

"그러고 보니 작은할아버지께서 자세한 얘기를 해준 것은 돌아가시기 얼마 전이었습니다. 그전에는 그저 가문의 무공을 익혀야 한다고만 하셨지요."

"바로 그것이야. 이 할애비는 바로 그 이유를 듣고 싶은 것이다. 의협진가의 무공이 결코 약한 것이 아닌데 어째서 또 다른 무공을 그토록 처절하게 갈구했는지 말이다. 분명 이유가 있을게다. 그렇지 않느냐?"

"예, 이유가 있었습니다."

진산우가 자신도 모르게 찻잔을 잡더니 거푸 찻물을 들이켰다.

진산우가 평정심을 회복할 때까지 기다린 진유검이 천천히 입을 열었다.

"혹 무림삼비(武林三秘)에 대해 아시는지요?"

12장

무림삼비(武林三秘)

　"무림… 삼비라면 그 옛날, 미치광이 학자라 불리던 광천
자(狂天子)가 떠들어댄 말 아니더냐?"

　"미치광이라기보다는 기인이라고 해야겠지요."

　"그럴 수도 있겠다. 미치기 전에는 중원제일의 석학이란
소리를 들었으니. 아무튼 그래서? 본가와 무림삼비와 어떤
연관이라도 있는 것이냐?"

　"있지요. 그것도 아주 깊은 연관이."

　진유검이 묘한 웃음을 흘리며 광천자가 남긴 말을 가만히
떠올렸다.

구중심처(九重深處) 삼비존(三秘存)!
천외천(天外天), 산외산(山外山), 루외루(樓外樓)!
일외출(一外出), 군림천하(君臨天下)!
이외출(二外出), 난세천하(亂世天下)!
삼외출(三外出), 혈풍천하(血風天下)!

중원의 석학으로 추앙받던 광천자가 정신이 오락가락했다던 말년에 예언처럼 남긴 말로 당시에는 어땠는지 몰라도 지금은 한낱 말장난으로 치부된 예언 아닌 예언이었다.

"천외천, 산외산, 루외루. 무림삼비, 혹은 무림삼외(武林三外)라고 하지요. 그것이 단순한 예언이 아니라면 어쩌시겠습니까?"

이미 무림삼비를 언급할 때부터 뭔가를 직감했던 진산우가 곧바로 반문했다.

"예언이 사실이란 말이냐?"

"그렇습니다."

"하면 본가가 천외천이나……."

"하하! 그건 아닙니다."

가볍게 웃은 진유검이 찻물로 목을 헹군 뒤, 무염과 전풍을 제외하고 주변에 아무런 인기척이 없는 것을 차분히 확인한 뒤에야 입을 열었다.

"그 옛날, 무명초자(無名草者)라는 분이 계셨습니다. 그분이 어떤 분인지는 지금도 정확히 알려지지 않았습니다."

"혹, 무림인이더냐?"

"아닙니다. 제가 전해 들은 바로는 그분께선 무공을 모르십니다. 그저 평생 동안 수행에 힘쓰셨던 분이라 막연히 추측할 뿐이지요."

"음."

"말년에 이르러 깨달음을 얻으신 무명초자께선 그 과정을 세 권의 책자에 기록하셨습니다. 한데 책자가 완성되던 날, 그것을 무공비급이라 착각한 세 제자가 각자 한 권씩을 들고 도망을 치고 말았습니다."

"그들이 무림삼비?"

진산우가 마른침을 삼키며 물었다.

"예, 하지만 책자를 들고 세상에 나왔다고 해도 당장은 아무런 도움이 되지 못했을 겁니다. 애당초 그 책자는 무공비급이 아니었기 때문이지요."

"그래, 무명초자는 무공을 익히지 않았다고 했다. 한데 제자들이 어째서 그런 착각을 한 것이지? 이해가 가지 않는구나. 사부가 무공을 익혔는지 익히지 않았는지도 몰랐단 말이냐?"

"깨달음이라는 것이 그래서 무섭고 대단한 것이지요. 평범한 사람이라도 일순간에 초월자로 만드는 것이 깨달음이 지닌 힘입니다. 제 추측으론 무명초자께서 실수로나마 제자들에게 그 힘을 보이신 것은 아닌가 싶습니다."

"일리가 있는 말이구나. 과거 기문둔갑술에 도통한 인물을 만나본 적이 있었는데 평범한 겉모습과는 달리 실로 대단하더구나. 아마 같은 맥락일 게야."

진산우가 이해를 했다는 얼굴로 고개를 끄덕였다.

"무명초자께선 제자들의 배신을 안타까워 하시면서도 별다른 행동을 취하지는 않으셨습니다만 혹여 제자들로 인해 세상이 어지러워질까 두려워하시어 하나의 안배를 하셨습니다. 바로 네 번째 제자를 들이신 겁니다."

"네… 번째 제자?"

진산우의 음성이 살짝 떨렸다.

"예, 네 번째 제자를 들이신 지 얼마 되지 않아 무명초자께선 우화등선을 하셨습니다. 하지만 진정한 안배는 그때부터 시작이었지요. 그 막내 제자에게 앞선 제자들이 가지고 도망친 세 권의 책자가 고스란히 전해진 것이었습니다."

진산우가 자신도 모르게 주먹을 꽉 움켜쥐었다.

"그 막내 제자께서 바로 본가의 시조되시는 분이십니다."

"아!"

진산우의 입에서 탄성이 터져 나왔다.

"무명초자께서 돌아가신 후, 시조께선 배덕한 제자들을 찾아 중원을 떠도셨습니다. 그리고 그들이 각자 세력을 만들었다는 것을 확인하셨지요. 무림삼비, 혹은 무림삼외라 불리는 세력이 그 배덕한 제자들이 만든 것입니다."

"바로 그때 응징을 하셨으면 되지 않느냐?"

"하하! 시조께서 그들을 찾아내기는 하셨지만 변변한 무공 하나 지니지 못하실 때였습니다. 응징하실 힘이 있을 리가 없지요. 재밌는 것은 세력이라고 만들기는 했어도 그들 역시 별다른 힘을 지니지 못했다는 것이었습니다."

"어째서? 무명초자께서 남기신 책자라면 실로 대단한 것이었을 텐데."

목이 타는지 연신 차를 들이켜는 진산우가 이해할 수 없다는 얼굴로 물었다.

"잊으셨습니까? 그 책자는 무공비급이 아닙니다. 무명초자께서 깨달음을 얻으시는 동안 겪으셨던 세상 이치에 대해서 적은 것에 불과하단 말이지요. 물론 그것에서 깨달음을 얻는다면 그 책자 또한 무공비급이라 할 수 있습니다만 제 경험을 비추어 보건데 결코 아닙니다. 엄밀히 말하자면 무공을 깨우칠 수 있는 단초를 제공하는 책이라고나 할까요."

무공비급 운운하는 진유검의 말투나 표정이 영 차가운 것이 그 책자에 맺힌 것이 많은 듯했다.

"그것을 깨달은 시조께선 무창에 자리를 잡으신 뒤, 첫째 아드님에겐 가문의 대를 잇게 하시고 둘째 아드님과 함께 당시만 해도 인적이 닿지 않았던 무영도에 칩거를 하셨습니다. 바로 그때부터 본가의 두 번째 핏줄이 무영도로 가게 된 것입니다."

"참으로 놀라운 사연이로구나!"

무려 오백 년 가까운 시간 동안 이어진 가문의 숙명이 어찌 시작된 것인지 듣게 된 진산우는 격정에 찬 감정을 숨기지 못했다.

"시조께서 둘째 아드님과 무영도에 칩거하시고 근 이백여 년이 흘렀을 무렵, 운명인지 몰라도 무영도에서 처음이자 마지막으로 한 권의 책이 본가로 향했습니다. 그 책에는 완벽하지는 않았지만 무명초자께서 남기신 세 번째 책자를 바탕으로 만들어낸 무공이 적혀 있었고 당대 가주님의 첫째 아드님께서 그 무공을 익히게 되시지요."

"혹시 그 첫째 아드님이 진가운 조사님이시더냐?"

진산우가 기대감을 숨기지 않고 물었다.

"맞습니다. 무영도에서 전해진 무공비급으로 인해 그때까지만 해도 무림에 전혀 두각을 나타내지 못하던 본가가 오늘날의 의협진가로 발전하게 될 것이지요."

"그랬구나. 허허! 그런 비사가 있었어."

진산우가 연신 놀라움을 감추지 못하고 있을 때 지금까지 귀를 쫑긋 세우고 이야기를 듣던 전풍이 뜬금없이 한마디를 툭 던졌다.

"그러면 다른 놈들은 그때까지 뭐했답니까?"

"뭐를?"

"그렇잖아요. 무영도에서 무공비급이 전해질 동안 그 삼원 가 뭔가 하는 놈들도 마냥 놀고 있지는 않았을 것 아닙니까? 세월이 일이십 년도 아니고 거의 이백 년이 흘렀는데."

"호오. 그런 생각을 하다니 제법인데."

진유검이 놀랍다는 눈빛으로 전풍을 바라보았다.

"이 할애비가 생각해도 이상하구나. 그때 당시가 아니더라 도 시조께서 본가를 세우신 지 벌써 오백 년이란 시간이 흘렀 다. 하면 저들 역시 그만한 시간을 보냈다는 것인데 어째서 아무런 움직임도 없는 것이냐?"

진산우가 전풍과 같은 의문을 품자 진유검은 가볍게 헛기 침을 한 뒤 입을 열었다.

"물론 그들도 놀고 있지는 않았습니다. 어쩌면 우리보다 더욱 필사적으로 노력을 했겠지요. 분명 그 성과를 보였고 요."

"성과를 보였다면 이미 무림에 나왔단 말이냐?"

진산우가 깜짝 놀라 되물었다.

"예."

"누구냐, 그들이?"

"그들이 아닙니다. 아직까지 무림에 나온 세력은 하나뿐입니다."

"그러니까 그놈이 누구냐니까요?"

전풍이 참지 못하고 버럭 소리를 질렀다.

전풍을 향해 발끈하려던 진유검은 금방이라도 쓰러질 것 같은 낯빛으로 자신의 대답을 기다리는 진산우의 모습에 차마 화를 낼 수가 없었다.

"광천자가 말하기를 일외출, 군림천하라 했습니다. 거기에 이미 답이 나왔습니다."

"일외출, 군림천하? 그게 뭔 개, 아니, 소리랍니까?"

치명적인 실수를 할 뻔한 전풍이 얼른 말을 바꿔 물었다.

"일외출, 군림천하라. 일외출, 군림… 천하. 일외… 출 군림천… 하. 군림… 천하?"

광천자의 예언을 읊조리던 진산우가 자리에서 벌떡 일어났다.

그리곤 얼마 전까지 병석에서 일어나지도 못했던 환자라고는 도저히 여겨지지 않을 정도의 힘찬 목소리로 소리쳤다.

"일외출, 군림천하! 그래. 알았다, 알았어!"

"어딥니까?"

덩달아 일어난 전풍이 소리치듯 물었다.

"당금 천하에 군림천하를 하는 곳이 어디더냐?"

"예? 군림천하요?"

전풍이 두 눈을 끔뻑이자 진산우가 답답하다는 듯 호통을 쳤다.

"이 녀석아! 그만한 힘과 세력을 지닌 곳이라면 한 군데밖에 없지 않느냐?"

"그러니까 거기가 어디냐고요!"

전풍도 지지 않고 소리를 빽 질렀다.

"무황성!"

진산우가 격동을 참지 못하고 탁자를 후려쳤다.

"오직 무황성만이 군림천하라는 말을 쓸 자격이 있다."

진산우가 이글거리는 눈빛으로 진유검을 바라보았다.

"이 할애비의 말이 맞느냐?"

"그렇습니다. 무황성이, 정확히 말씀드려 사공세가가 천외천입니다."

"허허허! 그렇구나. 광천자의 예언이 세인들의 말처럼 단순한 헛소리가 아니었어."

여전히 놀라움을 감추지 못한 채 너털웃음을 흘리던 진산우가 문득 의문을 품었다.

"이상하구나. 한데 무영도에 계셨던 선조께선 어찌 그들이 천외천이라는 것을 알 수 있었느냐?"

"무영도에 머무시던 선조께서 사공세가를 천외천의 후예라 판단하신 것은 그들이 지닌 무공 때문이었습니다."

"무공?"

"예, 그들이 사용했던 무공이 무영도에서 본가로 보냈던 무공과 거의 흡사했다고 하더군요. 마치 하나의 뿌리에서 갈라져 나온 것처럼 말이지요. 그로 인해 당대 무황과 진가운 조사께서 서로에 대해 호감을 가지시고 쉽게 형제의 연을 맺게 된 것이고요."

"허! 네 덕에 오늘 참으로 많은 비사를 듣게 되는구나. 아, 그런데 무영도에서 본가로 보내온 책자가 무명초자께서 남기신 세 번째 책자라고?"

"예."

"하면 첫 번째와 두 번째 책자에도 무공이 적혀 있는 것이냐?"

진유검이 쓰게 웃었다.

"무공이 아니라 깨달음의 단초라 말씀드렸습니다. 그것을 바탕으로 무공을 만들고자 그 오랜 세월 동안 고생하고 애쓴 것이고요."

"그래, 그렇다고 했지. 어쨌든 다 익힌 것이냐?"

진산우가 기대감이 가득한 얼굴로 물었다.

"물려주신 것들은 다 익혔습니다."

"그래, 그렇구나. 참으로 애썼다."

진산우는 흐뭇한 얼굴을 감추지 못하고 연신 웃음을 터뜨렸다. 웃음이 잦아들 즈음 다시 질문이 이어졌다.

"이제 어찌할 생각이냐?"

"받은 대로 돌려줘야겠지요. 일단은 본가를 안정시킬 생각입니다. 본가가 지니고 있던 재산을 많이 빼앗겼다고 들었습니다. 흑월방은 물론이고 무창상단 또한 응분의 대가를 치르게 할 것입니다."

진유검은 흑월방을 없애 신도세가의 흔적을 무창에서 지우고 무창상단에게도 막대한 보상금을 얻어낼 생각이었다.

"네 누이들은……."

"어느 정도 책임은 져야 할 겁니다."

잠시 머뭇거리며 묻는 진산우와는 달리 진유검의 대답은 단호했다.

"무조건 용서하라는 말은 아니다. 잘못을 했으면 의당 그만한 벌을 받아야지. 하지만……."

"너무 걱정하지 마십시오. 작은누님이 조금 걸려서 그렇지 큰누님은 본가의 문제에 별다른 개입을 한 것 같지는 않더군요. 가주 자리에 대해 욕심을 좀 부린 것이 죄라면 죄겠지만요."

"견물생심(見物生心:물건을 보면 가지고 싶은 욕심이 생긴다)
이라고 했다. 자리가 뻔히 보이는데 어찌 탐이 나지 않겠느
냐. 혼란을 막기 위해서라도 이 할애비가 진호 그 아이를 후
계자로 지명을 했어야 했으나 상황이 상황인지라 쉽게 움직
일 수가 없더구나."

진산우의 탄식에 진유검은 고개를 저었다.

"잘하셨습니다. 만약 할아버지께서 나서셨다면 누님들이
야 그렇다 쳐도 그 뒤에 있는 놈들은 틀림없이 어떤 수작을
부렸을 것입니다. 극단적으로 형님이나 조카처럼 암살을 시
도할 수도 있는 것이고요."

진산우 역시 진유검의 말에 동의를 하는지 나직한 한숨을
내쉬었다.

분위기가 너무 무거워진다고 생각한 진유검이 슬며시 화
제를 바꿨다.

"이곳이 안정이 되면 무황성으로 가볼 생각입니다."

"무황성으로?"

"예, 아버지와 숙부의 일에 무황성에 있는 자들이 개입된
것은 틀림없습니다. 의협진가를 우습게 본 자들이 어떤 인간
들인지 확인하고 그에 대한 책임을 물 생각입니다. 또 본가
의 명예 때문이라도 수호령주의 직분을 다해야 하지 않겠습

니까?"

"물론이다. 본가를 건드린 것이 얼마나 큰 잘못인지 똑똑히 보여줘야지."

진유검과 마찬가지로 두 아들의 죽음을 떠올린 진산우의 눈가에 살기가 피어올랐다.

"아참, 무황성으로 떠나기 전에 후계 문제를 마무리 지었으면 합니다."

"후계 문제야 네가 돌아왔으니……"

진산우가 말을 멈추고 진유검을 놀란 눈으로 바라보았다.

"설마 본가를 버리려는 것이냐?"

"버리다니요. 어차피 제 것이 아니었습니다."

"본가의 상황이 좋지 않다."

"제가 움직이는 이상 그 누구도 본가에 대해 신경 쓸 여력이 없을 겁니다. 그렇게 만들지도 않을 거고요."

"하면 호에게?"

어느 정도는 포기하는 듯한 말투가 진유검의 결심을 돌릴 수 없다고 판단한 것 같았다.

"예, 누가 뭐라 해도 형님의 핏줄입니다. 더구나 이번에 함께 지내보니 가문에 대한 자부심과 사랑이 대단하더군요. 솔직히 저보다 낫습니다."

"하지만 이제 겨우 열일곱이다. 너무 어리지 않느냐?"

"할아버지께서 도와주시면 됩니다."

"내가? 허허! 오늘내일하는 이 늙은이가 무슨 힘이 있다고?"

쓸쓸히 웃은 진산우가 뼈만 남은 자신의 사지를 내보이며 고개를 저었다.

"그냥 지금처럼 곁에 계셔주시기만 해도 됩니다. 할아버님의 건강은 제가 책임지겠습니다."

"네가?"

"예, 무명초자께서 남기신 책은 만물의 근원과 이치에 대한 깨달음의 책입니다. 수백 년 동안 책을 연구하다 보니 무공뿐만 아니라 온갖 잡학까지 함께 이어져 내려오더군요. 저야 우선적으로 무공에만 집중을 했지만 다른 분들은 그렇지 않으셨습니다. 특히 작은할아버지께선 여느 명의 못지않게 의술에 조예가 깊으셨지요."

진유검이 품에서 목함 하나를 꺼내들었다.

"그것이 무엇이냐?"

진산우가 호기심 어린 눈길로 물었다.

"작은할아버지께서 만드신 만병통치약입니다."

가볍게 웃은 진유검이 목함을 열더니 그 안에 든 작은 환약을 보여주었다.

"이게 냄새는 지독해도 효과는 제법입니다. 아침저녁으로 세 알씩 드시면 병환을 완전히 치료하지는 못하더라고 당분간 건강은 유지하실 수 있을 겁니다."

"허허! 그런 명약이!"

진산우의 입에서 탄성이 터져 나왔다.

어차피 노환이라는 자연이 인간에게 내린 천형이기에 그어떤 명약도 완전히 치료할 수 없는 것. 그 시기를 늦춘다는 것만으로도 실로 대단한 영약이라 할 수 있었다.

"일단 드시고 휴식을 취하시는 것이 좋겠습니다. 전 흑월방의 일을 마무리 짓고 다시 오겠습니다."

"그래, 그렇잖아도 눈이 많이 무겁구나. 좀 쉬어야겠어."

진산우는 찻물과 함께 세 알의 환약을 주저없이 삼키곤 진유검의 부축을 받으며 침상으로 향했다.

진유검과의 오랜 대화가 다소 부담이 되었는지 진산우는 침상에 눕기가 무섭게 잠이 들었다.

진산우가 잠이 든 것을 확인한 진유검이 침상 옆에서 한 치의 미동도 없이 서 있는 무염을 바라보았다.

"뭐라고 불러야 하지?"

"무염이라 불러주십시오, 공자님."

"그대가 지금까지 할아버지를 지켜온 건가?"

"예, 많이 부족함에도 어르신께서 곁에 두셨습니다."

"고맙군. 앞으로도 수고를 해줘야겠어."

"수고라니요. 저의 사명입니다."

무염이 손에 들고 있던 검을 가슴에 얹으며 말했다.

"그렇게까지 말하니 단도직입적으로 물어보지. 본가의 무공을 익혔나?"

의협진가의 무공은 직계들만의 비밀이 아니다.

직계는 물론이고 제자에게도 차별을 두지 않고 온전히 무공을 가르쳤다. 그랬기에 적은 제자의 수로도 여타 문파보다 강한 전력을 유지할 수도 있는 것이다.

"익혔습니다."

"극의에 도달한 것을 십이성 대성으로 한다면 어느 정도의 성취에 도달했지?"

"팔성 정도는 된다고 봅니다."

팔성이라면 거의 장로 수준이다.

무염의 나이가 이제 겨우 삼십 정도에 불과했으니 실로 놀랄 만한 일이었다. 그러나 진유검은 마음에 들지 않는 듯했다.

"할아버지의 안전을 책임지는 자의 수준이 그 정도면 안 되지. 이곳에서의 일을 처리하고 무황성으로 가는 동안에 이 녀석과 함께 수련이나 하도록 하지."

진유검이 전풍을 가리키며 말했다.

무염은 진유검이 자신의 무공을 봐주려 한다는 것을 알고는 즉시 허리를 숙였다.

"감사합니다, 공자님."

"흥! 하루만 지나보쇼. 정말 감사한지 아닌지 알게 될 테니까. 나라면 지금 당장 천리 밖으로 내뺄 거요."

무염이 황당한 눈길로 자신을 쳐다보자 전풍이 코웃음을 치며 말을 이었다.

"언젠가 무영도에서 주군의 친구 수하 몇 놈이 멋모르고 가르침을 청했다가 그야말로 병신이 되어 나가떨어지는 것을 내 두 눈으로 똑똑히 보았소. 양다리를 젓가락 부러뜨리듯 작살을 내며 웃고 있는 주군의 얼굴이란. 흐흐흐! 잘 간수해야 될 거요."

전풍이 시선이 자신의 팔다리로 향하자 무염은 오한이라도 든 듯 자신도 모르게 몸을 움츠렸다.

"헛소리 좀 하지 말고 따라오기나 해. 할 일이 많다."

진유검이 전풍의 귀를 잡아당기며 말했다.

그리곤 그때까지도 얼떨떨한 얼굴로 서 있는 무염에게 지나가는 말투로 조용히 읊조렸다.

"그래도 어느 정도 각오는 하는 것이 좋겠지."

*   *   *

무창성의 밤하늘을 지배하는 흑월방은 그 명성답게 무창에서 가장 번화한 무창대로 뒤편 유흥가 중심에 떡하니 자리 잡고 있었다.

규모는 그다지 크지 않았다.

애당초 클 필요도 없는 것이 유흥가 전체가 그들의 손아귀에 있었고 흑월방의 방도들 대부분은 각 주점, 기루, 객점, 색주가, 도박장에 흩어져 있었다.

흑월방의 본진엔 말 그대로 흑월방을 이끄는 수뇌만이 머물 뿐이었다.

그렇다고 허술한 곳은 결코 아니었다.

무공으로 치자면 겉으로 드러난 건물은 사실상 허초였고 오직 그 건물의 뒤편에만 존재하는 좁을 길을 통해 크고 작은 건물 몇 개와 마지막에 자리한 제법 큰 장원이야 이어졌는데 그 장원이야말로 실초, 흑월방의 진정한 본거지였다. 또한 유흥가 중심에 위치했기에 사방으로 뻗어 있는 정보망을 통해 위험에 그만큼 빠르게 대처할 수 있고 언제 어느 상황에서도 흑월방에 속한 수하들을 손쉽게 소집할 수 있다는 장점이 있었다.

흑월방의 본진.

늘 기녀들의 웃음소리, 풍악 소리와 더불어 사내들의 음탕한 웃음소리가 판을 치던 모습과는 달리 오늘은 묘한 긴장감에 휩싸여 있었다.

평소보다 훨씬 많은 인원의 무뢰배가 주변을 에워싸고 있었고 유흥가에서 일하고 있는 정보원 및, 감시자들의 눈이 더욱 날카롭게 빛나고 있는 것은 바로 몇 시진 전, 항주로 떠났던 수호표국의 표행이 무사히 도착했다는 소식이 전해진 이후였다.

직접적으로 병력을 동원한 것도 아니고 의협진가와 수호표국에 딱히 위해를 끼친 것은 아니나 흑월방의 행동대장 적사가 의협진가의 지원군을 치기 위해 움직인 혈사단의 길안내를 맡은 것이 문제라면 문제였다.

흑월방이 제아무리 신도세가의 비호를 받고 있다지만 무창의 주인은 누가 뭐라 해도 의협진가였다.

의협진가의 힘이 과거에 비할 바는 아니나 흑월방이 넘보기엔 너무도 거대했다. 게다가 무창성의 백성들은 물론이고 관부들까지 의협진가에 대한 신망이 두터웠기 때문에 그들이 작심하고 흑월방을 치려고 한다면 막을 방법이 없었다.

신도세가가 암중으로 지원을 하겠지만 먼 곳에 있는 뒷배보다는 가까운 적이 훨씬 무서운 법이었다.

"아직도 확인하지 못했다고?"

흑월방주 갈홍(鞨興)이 탁한 음성으로 소리쳤다.

"죄송합니다, 방주님. 애들을 풀어 열심히 알아보고는 있지만 아무래도 상대가 의협진가인지라 함부로 엿보기가 쉽지 않습니다."

갈홍의 의형제로서 흑월방의 이인자이자 지낭으로 알려진 공륜(孔淪)이 곤혹스런 표정으로 대답했다.

그렇잖아도 요즘 들어 몇 가닥 남지도 않은 머리카락이 자꾸만 빠져 고민이었는데 난데없이 터진 일에 극심한 압박을 받고 있었다. 이런 식으로 심기가 낭비되면 완전한 민대머리가 되는 것은 그야말로 시간문제였다.

공륜이 머리카락을 조심스레 쓸어 넘기는 것을 본 갈홍이 도끼눈이 되었다.

"흑월방보다 그 한 줌 머리카락이 중요하지? 지금 당장 뽑아주랴?"

"그럴 리가요. 제가 흑월방을 위해 불철주야 얼마나 신경을 쓰고 있는지는 누구보다 방주님께서 잘 알고 계시지 않습니까? 조금만 더 기다려 보십시오. 곧 제대로 된 정보를 얻을 수 있을 것입니다."

"수호표국이 포로로 잡았다는 놈들 중에 적사가 있느냐, 없느냐를 반드시 확인해야 한다. 없다면 그냥 잡아떼면 그만이야. 의협진가고 지랄이고 증거 없이 우리를 어쩌지는 못할 테니까. 문제는 그 병신이 잡혔을 경우지. 그럴 경우 방법이 없어, 방법이."

갈홍이 머리를 부여잡고 괴로워하자 왼쪽으로 가르마를 타던 공륜이 뱀처럼 교활한 눈빛을 빛내며 말했다.

"어차피 우리가 믿을 곳은 신도세가뿐입니다. 신도세가는 흑월방을 결코 포기하지 못합니다."

"의협진가에 처박혀 있다는 신도세가 사람들과는 연락이 된 거냐?"

"완전히 차단되어 연락할 길이 없습니다. 어쩌면 이미 양측 사이에 큰 충돌이 벌어졌을 가능성이 있습니다. 적사가 포로가 되었다면 의협진가를 공격했던 혈사단에 문제가 생겼다는 것이고 그들 중 누군가가 포로가 될 수도 있는 것이니까요."

"신도세가다. 설마하니 신도세가가 개입을 했다고 하더라도 의협진가가 함부로 공격을……."

말을 하던 갈홍이 비관적으로 고개를 흔드는 공륜의 반응에 한숨을 내쉬었다.

"그렇지. 백 번이고 천 번이고 공격을 할 놈들이지. 의협진가는. 하니 어쩌면 좋냔 말이다."

"일단 신도세가로 전서구를 띄웠습니다."

"전서구를?"

"예, 의협진가에 있는 신도세가 사람들과 연락이 되지 않는 시점에서 우리가 할 수 있는 최선은 그것뿐입니다."

"그게 무슨 소용이야! 신도세가가 엎어지면 코 닿을 곳에 있는 곳도 아니고 그놈들이 무슨 수를 낼쯤이면 우린 이미 초토화가 되었을 텐데."

갈홍이 신경질적으로 소리쳤다.

"그때까지 버텨야지요."

"버텨? 어떻게? 이 무창성에서 의협진가의 공격을 받고 어떻게 버틴단 말이야?"

갈홍이 절망적인 표정을 지으며 머리를 쥐어뜯자 공륜이 황당하다는 얼굴로 바라보았다.

"설마 싸울 생각입니까?"

"그럼 그냥 뒈지란 말이야!"

갈홍이 버럭 소리를 질렀다.

"도망쳐야지요."

"도망?"

"어차피 상대가 되지 않는데 도망을 쳐야지요."

"이곳을 버리고 어디로 도망을 쳐? 절대 못해. 내가 어떻게 일으킨 사업인데."

주먹을 불끈 쥐는 갈홍의 표정은 비장하기까지 했다.

"버리긴 누가 버린다고 그러시는 겁니까? 생각해 보십시오. 무창에 우리가 관할하고 있는 주루며, 기루, 객점, 도박장, 색주가 등이 몇 개가 있는지. 사방으로 흩어져 숨어 있으

면 의협진가가 아니라 의협진가 할애비가 와도 우리를 찾지
못합니다. 그사이 신도세가에서 무슨 수를 낼 겁니다."

갈홍의 얼굴이 그제야 환해졌다.

"언제 움직이지?"

"가급적 빨리요."

"그럼 당장 움직이자."

"계획이 있습니다. 조금만 더 다듬으면 완벽해질 겁니다."

"흐흐흐! 그래, 그래. 역시 우리 흑월방의 장자방답구나."

한껏 공륜을 치켜세우는 갈홍의 험상궂은 얼굴에 미소라
는 것이 만들어졌다.

공륜이 바람에 흩날리는 머리카락을 단정히 정돈하며 어
깨를 으쓱거렸다.

13장

응운의 대가

"이곳이 무창에서 가방 번화한 유흥가이자 흑월방이 있는
곳입니다."

장초가 형형색색의 등불로 환히 밝혀진 거리를 가리키며
말했다.

"아까하고는 또 다른데요. 항주의 밤도 대단하지만 이곳도
만만치는 않군요. 흐흐흐!"

전풍이 사방을 휘휘 둘러보며 말했다.

"아까 오셨었습니까?"

장초가 진유검에게 물었다.

"잠시 들를 데가 있어서 들렀을 뿐입니다."

"말을 편히 해주십시오, 공자님. 수호표국의 표사이기 이전에 의협진가의 제자입니다."

"그럴까? 그럼 그러지."

장초의 말에 슬쩍 미소를 지으며 고개를 끄덕인 진유검이 그를 따라온, 잔뜩 긴장하고 있는 두 명의 표사를 바라보았다.

진유검의 요청에 곽정산이 본가에 있는 제자들보다는 아무래도 시내 중심에 나와 있는 수호표국의 표사들이 흑월방에 대해 자세하게 알고 있다는 판단하에 딸려 보낸 것이다.

"전풍."

"예, 주군."

"일월객점(日月客店)의 주인을 데리고 와."

"예?"

전풍이 깜짝 놀란 얼굴로 진유검을 바라보았다.

그의 시선에서 '미친것 아닙니까, 주군?' 이라는 뜻을 읽은 진유검이 짜증난다는 표정으로 말했다.

"데리고 오라면 데리고 와."

"알겠습니다."

대답을 한 전풍이 몸을 돌리는 순간, 그의 입에서 구시렁거리는 소리가 흘러나왔다.

진유검이 그것을 듣지 못할 리 없었지만 뭐라고 해봐야 괜스레 입만 아프고 시간만 허비할 뿐인지라 아예 신경을 끊어버렸다.

그런 진유검과 전풍의 모습에 장초의 입가에 절로 미소가 지어졌다.

표행 내내 두 사람이 행동엔 변함이 없었다.

늘 진유검이 큰 소리를 냈고 그때마다 전풍은 앓는 소리와 불평을 늘어놓으며 투닥거렸다.

그때야 그게 그렇게 한심하게 보였지만 지금 와서 보니 이보다 더 정겨운 광경은 없었다.

표행에 참여하지 않았기에 이를 알 리 없는 두 표사는 이해할 수 없다는 표정이었다.

사실상 의협진가의 가주라 할 수 있는 진유검과 그를 주군이라 따르면서도 전혀 존경심을 보이지 않는 전풍의 행동은 그들의 사고방식으론 도저히 납득하기 힘든 광경인 것이다.

"이해하려고 하지 마. 그냥 그러려니 하면 된다."

장초가 두 표사의 어깨를 두드리며 웃었다.

잠시 후, 전풍과 일월객점의 주인이 모습을 드러냈다.

언제 툴툴거렸느냐는 듯 이미 깨끗하게 잊은 전풍이야 평상시의 활달한 모습 그대로였으나 복천회 무창 지부장이란 숨겨진 정체를 가지고 있는 동종유는 그럴 수가 없었다.

진유검 혼자라면 문제될 것이 전혀 없겠지만 그 옆에 수호
표국의 표사로 보이는 이들이 함께 있다는 것이 상당한 부담
으로 다가왔다. 무창에서 그는 한낱 객점의 주인에 불과하기
때문이었다.

"혹 안면이 있는 건가?"

진유검이 물었다.

"그렇지는 않습니다."

장초가 고개를 흔들었다.

"수호표국의 표사님들을 어찌 모르겠습니까? 먼발치에서
몇 번 뵈었습니다."

동종유의 말에 진유검이 웃으며 말했다.

"그렇게 허리를 낮출 필요는 없습니다."

"공자님."

동종유가 여전히 곤란한 표정으로 진유검을 불렀다.

"괜찮다고 했습니다. 제가 책임집니다."

책임이라는 말에 잔뜩 굽혔던 동종유의 허리가 천천히 펴
졌다.

"허!"

굽었던 상체를 꼿꼿이 펴는 동종유.

은연중 뿜어져 나오는 기세에 눈앞의 상대가 단순히 객점
의 주인이 아니라 자신들도 알아보기 힘들 정도의 고수라는

사실을 확인한 표사들이 놀란 눈을 치켜떴다.

"제가 지부장님을 부른 이유는 간단합니다."

진유검이 손가락을 뻗어 번화가 한복판에 주변 유흥가의 풍경과는 전혀 어울리지 않는 건물 하나를 가리켰다.

"흑월방을 지울 생각입니다."

진유검에게 무창의 정보를 전해준 것이 얼마 되지 않았던 시점이었다. 게다가 흑월방의 적사가 포로로 잡혀 있다는 것도 전해 들은 상황이기에 이미 예상했다는 듯 동종유는 별다른 반응을 보이지 않았다.

"수뇌부는 철저하게 박살 낼 것입니다. 그렇다고 그 밑에 있는 자들까지 모조리 쳐낼 수는 없는 노릇이지요. 물론 개중 악질적인 놈들이야 그냥 둘 수 없겠지만 주인만 제대로 만나면 그래도 사람 구실을 할 놈들도 있다고 봅니다."

"그렇긴 합니다만 그걸 어찌 제게……."

"지부장께서 흑월방을 접수하십시오. 제가 도와드리지요."

"예?"

상상도 하지 못한 제의에 동종유의 눈이 화등잔만 해졌다.

장초와 두 표사들 또한 당황하긴 마찬가지였고 전풍만이 좋은 생각이라면 손뼉을 쳐댔다.

"굳이 복천회를 내세울 필요는 없습니다. 그냥 흑월방의 주인이 바뀌는 정도로만 해두지요. 복천회를 노출하지 않는 것은 오롯이 지부장님의 능력일 것입니다."

진유검이 장초와 표사들에게 고개를 돌렸다.

"내 목숨보다 더한 친우의 수하들이다. 본가에 해를 끼칠 사람들은 아니니 오늘 보고 들은 일은 영원히 함구토록 하는 것이 좋겠군."

진유검이 정체를 드러내고 처음으로 하는 명령에 토를 달 생각은 눈곱만큼도 없었다. 새삼스런 눈길로 동종유를 바라본 장초가 조심스레 대답했다.

"명을 받들겠습니다."

장초의 분위기가 심상치 않다는 것을 확인한 두 표사 역시 바짝 얼어 함께 허리를 숙였다.

"흑월방이 무창에서 취하는 이익이 얼마인지는 지부장께서 더 잘 알고 있을 것입니다. 이를 잘 이용하면 녀석이 하고자 하는 일에 큰 도움이 되리라 봅니다."

"그, 그렇습니다. 도, 도움이 되지요. 되고말고요."

무창의 밤을 지배하는 흑월방이 얼마나 많은 이권에 개입하고 그로 인해 얼마나 많은 돈을 챙기고 있는지 속속들이 파악을 하고 있던 동종유는 대답을 제대로 하지 못할 정도로 크게 기뻐했다.

복천회가 흑월방을 장악한다는 것은 실로 엄청난 자금줄

을 확보한다는 것과 다름없었고 이는 곧 전력의 급상승으로 이어질 터였다.

"대신 흑월방 놈들처럼 힘없고 가난한 자들에게 기생하여 착취하는 일은 없어야 할 것입니다."

"물론입니다. 절대로 그런 일은 없을 것입니다. 또한 매달 의협진가에 일정부한 액수의 금액을 상납토록 하겠습니다."

"그건 사양하지요."

"예?"

흑월방에서 나오는 막대한 자금을 혼자 독식할 생각은 꿈에도 없었던 동종유에게 진유검의 대답은 전혀 뜻밖이었다.

"흑월방이 아무리 변모를 한다고 해도 태생적으로 지닌 한계가 있습니다. 세인들의 눈에는 여전히 뒷골목 무뢰배의 집단이라는 것이지요. 그런 흑월방의 자금이 만에 하나 의협진가로 흘러들어온다는 소문이라도 난다면 저야 개의치 않겠지만 본가의 식솔들은 부담을 많이 가지게 될 것입니다."

"아! 죄송합니다, 공자님. 제 생각이 짧았습니다."

즉시 고개를 숙여 사과하던 동종유의 눈에 장초와 두 표사들의 모습이 들어왔다.

'수호표국!'

동종유의 눈빛이 반짝였다.

"하지만 제 나름대로 성의표시를 할 방법을 찾아보겠습니다. 그것까지는 막지 말아주십시오."

동종유의 눈길이 표사들에 잠시 향했다는 것을 확인한 진유검이 그의 의도를 짐작하고 고개를 끄덕였다.

"편한 대로 하십시오."

"감사합니다."

다시금 허리를 숙여 정중히 인사를 한 동종유가 문득 걱정스런 얼굴로 말했다.

"그런데 공자님. 염려되는 일이 하나 있습니다."

"무엇입니까? 말씀해 보십시오."

"흑월방의 뒤에 신도세가가 있음은 세상천지가 다 아는 사실입니다. 그리고 흑월방을 통해 엄청난 자금이 신도세가로 흘러들어가고 있다는 것도 공공연한 비밀이지요. 그런 흑월방을 신도세가에서 포기하려 하겠습니까?"

현재의 복천회로선 신도세가와 결코 엮여서는 안 되고 설사 엮인다고 해도 감당할 여력이 없었기에 반드시 짚고 넘어가야 하는 문제였다.

"포기하게끔 되어 있습니다."

진유검이 간단히 대꾸했지만 동종유의 걱정을 해소시켜주지는 못했다.

"걱정하지 마십시오. 의협진가가 흑월방을 무너뜨리는 것은 수호표국의 표행을 공격한 일 때문입니다. 응분의 대가를 치르고 있다는 말이지요. 게다가 신도세가가 직접 개입했다는 증거가 있음에도 저들의 주장을 받아들여 일단 모른 척해주었습니다. 명분이 우리에게 있는 이상 신도세가라 하더라도 함부로 움직일 수 없습니다. 뭐, 움직인다고 해도 상관없습니다. 그만한 대가를 치러주면 그만이니까."

천하의 신도세가에게 대가를 치러준다는 말을 장난처럼 내뱉는 진유검의 행동에 멍한 표정을 짓던 동종유는 얼마 전, 무영도에서 전해온 진유검에 대한 평가를 떠올리며 자신이 얼마나 쓸데없는 생각을 하고 있는지 비로소 깨달았다.

도윤의 항의를 받고, 또 독고무의 충고를 바탕으로 복천회 장로들이 다시금 진유검의 실력을 평가한 것에 의하면 진유검의 무공이 소존을 능가한다는 것.

현재 소존의 무공이 천하제일인이라는 무황과 능히 견줄 수 있다고 여기고 있는 그들에겐 실로 놀라운 사실이 아닐 수 없었다.

'신도세가 따위가 문제가 아니라는 말이지.'

어느새 신도세가에 대한 두려움은 흔적도 없이 날아가고 동종유의 뇌리엔 어떻게 하면 흑월방의 힘을 고스란히 흡수할 수 있을까 하는 궁리만 자리했다.

"바로 시작할 겁니다. 지부장님도 만반의 준비를 하세요."

"지금입니까? 아, 알겠습니다."

잔뜩 흥분해 있던 동종유는 인사도 제대로 하지 못하고 서둘러 자리를 떴다.

그의 뒷모습을 보던 진유검이 전풍을 불렀다.

"전풍."

"예, 주군."

"놈들이 어떤 놈들인지 들었지? 이곳에 있는 놈들은 윗놈이나 아랫놈이나 다 똑같다. 손속에 인정을 둘 가치가 없는 놈들이니까 마음껏 놀아봐."

"흐흐흐! 알겠습니다."

"돈을 들여 고용한 고수들이 몇 있다고 하니까 주의하… 미안. 알아서 해라."

진유검은 전풍의 눈이 매서워지자 슬머시 사과를 했다.

"대신 절대로 수뇌들은 놓치면 안 돼. 장 표사."

"예, 공자님."

"우리는 놈들의 얼굴을 모르니 실수하지 않도록 도와줘."

"걱정하지 마십시오. 그 거지같은 놈들의 얼굴이라면 자다가도 이가 갈릴 정도입니다."

신도세가와 문제를 만들지 않기 위해 그동안 흑월방의 패악질을 참아 넘겨야 했던 장초는 단단히 작심을 한 듯했다.

"눈먼 칼에 다칠 수 있으니 조심들 하고. 그럼 가볼까?"

진유검이 산책을 나가는 듯 뒷짐을 진 채 걷기 시작하고 전풍과 장초 등이 그 뒤를 따랐다.

흑월방을 향하는 그들의 움직임은 유흥가에 쫙 깔린 흑월방의 정보망에 곧 포착되었다. 하지만 고작 세 명의 표사에 정체를 알 수 없는 두 사내 때문에 위기에 빠질 흑월방이 아니었다.

무엇보다 정체를 알 수 없는 두 사내가 낮에 무창성에 화제가 되었던 변태라는 것이 확인되면서 경계심은 완전히 허물어지고 말았다. 당연히 윗선으로 보고도 되지 않았다.

그것이 그들에겐 재앙이 되었다.

"방주님!"

부서질 듯 거칠게 열리는 문을 보며 술잔을 입에 대고 있던 갈홍의 이마에 주름이 확 잡혔다.

"무슨 일이야?"

신도세가가 직접적인 도움을 줄 때까지 어떻게 하면 의협진가와의 충돌을 피해 몸을 숨길까 세부 계획을 짜느라 고심을 하고 있던 공륜이 뱀같이 날카로운 눈으로 쏘아보며 물었다.

"저, 적입니다. 적이 쳐들어왔습니다. 수, 순식간에 입구가 뚫렸습니다."

입구에서부터 다급히 달려온 전령이 숨을 몰아쉬며 대답

했다.

"적이라니! 대체 어떤 놈이, 서, 설마 의협진가냐?"

"그, 그건 잘 모르겠습니다."

전령이 당황한 얼굴로 고개를 흔들었다.

일단 적이 쳐들어왔고 입구가 뚫리는 것만 확인하고 내달렸기에 적의 정체를 미처 파악하지 못한 상태였다.

"이 병신 같은 새끼! 어떤 놈이 쳐들어왔는지도 모르고 보고를 해!"

갈홍의 손에 들린 술잔이 전령의 얼굴을 강타했다.

눈자위가 찢어지며 피가 줄줄 흘렀지만 전령은 감히 움직일 생각을 못했다.

공륜이 그의 머리카락을 낚아채며 물었다.

"똑바로 말해. 몇 놈이나 쳐들어왔냐? 그것까지 모르는 건 아니겠지?"

어떤 의미에서 갈홍보다 훨씬 더 무서운 공륜의 눈빛을 접한 전령이 필사적으로 머리를 흔들었다.

"다, 다섯입니다. 다섯이 쳐들어왔습니다."

"다섯?"

공륜의 얼굴이 딱딱히 굳었다.

좋지 않았다. 그 정도의 숫자로 흑월방을 공격했다는 것은 미쳤거나 아니면 절대적인 자신감이 있다는 것. 느낌상 후자였다.

"아, 그러고 보니 선두에 섰던 놈의 얼굴은 알 것 같습니다."

"그게 누구냐?"

공륜이 다급히 물었다.

"수호표국의 선임 표사라고 거들먹거리는 놈입니다. 이름은 기억이 나지 않지만 얼굴은 똑똑히 기억하고 있습니다."

"젠장! 수호표국이라면……"

갈홍의 시선이 공륜에게 향했다.

"의협진가 같습니다. 그런데 생각보다 너무 빨라요. 젠장! 일단 시간을 끌어야겠습니다. 네놈은 당장 신선각(神仙閣)의 영감들을 움직여라."

"알겠습니다."

전령이 대답과 동시에 문밖으로 뛰쳐나갔다.

"그 영감들로 막을 수 있을까?"

갈홍의 불안에 찬 질문에 공륜이 고개를 흔들었다.

"그래도 시간은 끌 수 있을 겁니다. 그러라고 술과 계집을 지금껏 제공한 것이고요. 우린 그사이에 피하면 됩니다."

"알았다. 잠깐만 기다려."

서둘러 금고로 달려간 갈홍이 애지중지하던 금괴와 지전(紙錢)들을 챙기기 시작했다.

"뭐합니까? 그러다 죽습니다."

"그럼 이것들을 놓고 그냥 가란 말이야?"

갈홍이 말도 안 된다는 듯 고개를 흔들었지만 피할 시간이 촌각밖에 남지 않았다는 것을 본능적으로 느끼고 있던 공륜은 갈홍의 손에 들린 금괴를 집어던지고 소리쳤다.

"아, 씨발! 정신 좀 차리십시오. 이러다 죽는다니까요. 빨리 도망쳐야 된다고요."

붉게 변해가는 공륜의 눈을 보며 갈홍이 엉거주춤 고개를 끄덕였다.

"그, 그래. 알았다. 진정해라, 아우야."

공륜이 눈이 돌아가면 자신도 몰라보는 천하의 미친개가 된다는 것을 알기에 갈홍도 어쩔 수 없었다.

바로 그때였다.

"흐흐흐! 여기에 숨어 있었군."

두 사람이 목소리를 쫓아 고개를 돌리는 순간, 그들이 바라보던 벽면이 그대로 무너져 내리며 전풍이 모습을 드러냈다.

"누가 흑월방주냐?"

미친놈은 미친놈을 알아본다던가?

씨익 웃는 전풍의 눈동자를 본 공륜의 얼굴이 새하얗게 질려갔다.

＊　　　＊　　　＊

무창대로 북쪽에 위치한 거대한 장원.

무창성 상권은 물론이고 중원에서도 다섯 손가락 안에 들어간다는 무창상단의 외원은 이른 아침부터 수많은 이가 들락거리며 평상시와 다름이 없었지만 무창상단의 주인과 가족이 머무는 내원은 의협진가에서 전해진 소식에 그야말로 초상집으로 변해 있었다.

"그러니까 이것이 의협진가에서 요구해 온 보상액이란 말이냐?"

당대 무창상단 단주 마척이 사촌이자 무창상단 살림 전반을 책임지고 있는 총관 마진(馬鎭)이 전한 서찰을 들고 부들부들 떨었다.

"그렇습니다."

"대체 얼마를 요구했기에 그리 놀라는 게냐?"

지금은 일선에서 손을 떼고 무창표국의 고문으로 있는 마육(馬陸)이 놀란 얼굴로 물었다.

"보십시오, 작은아버님. 정말 기가 막혀서 말이 나오지 않습니다."

마척이 서찰을 마육에게 넘겼다. 서찰을 건네받은 마육의 눈이 휘둥그레졌다.

"마, 만 냥? 이런 터무니없는 액수라니!"

"제 말이요. 놈들의 주장에 의하면 표행에서 희생된 표사들과 쟁자수, 그리고 그들을 지원을 하러 움직였다 목숨을 잃은 자의 수가 모두 백 명 정도 된다고 하는데 그들의 목숨값이라 합니다."

"백 명이면 한 사람당 황금 백 냥을 요구했다는 말이구나."

"예, 통상적으로 목숨을 잃었을 경우 표사는 황금 석 냥, 쟁자수는 많아야 황금 한 냥 정도를 지급합니다. 그것을 감안하면 저들은 무려 삼십 배 이상의 금액을 요구하는 것입니다."

"쟁자수만 놓고 본다면 삼십 배가 아니라 백 배가 넘습니다."

맞장구를 친 마진이 분개한 표정으로 말을 이었다.

"아무리 우리가 실수를 했다고는 해도 이런 부당한 요구는 당장 거절해야 합니다."

"잘들 한다!"

거칠게 방문이 열리며 잔뜩 화난 얼굴의 노인이 들어섰다.

자리에 앉아 있던 이들이 황급히 일어나 예를 차렸다.

마척은 마육이 있음에도 지키고 있었던 상석을 노인에게 양보했다.

소규모 상단에 불과했던 무창상단을 중원의 손꼽히는 거대 상단으로 키워낸 전대 상단주 마건(馬建)이 불같이 노한 얼굴로 마척을 노려보았다.

"의협진가에서 보상금을 요구했다고?"

"예."

"대체 어쩌자고 일을 이 지경까지 만든 것이냐?"

"죄, 죄송합니다, 아버님."

면목이 없는지 마척은 얼굴을 들지 못했다.

"네가 근자들어 이화검문의 힘을 빌려 둘째 놈과 상단의 무력을 키우고 있다는 것을 알고는 있었지만 별말을 하지 않았다. 힘을 지니지 못한 쌓아올린 부가 얼마나 허망하게 무너질 수 있는지 이 아비 또한 알고 있기 때문이다. 네가 이화검문과 손을 잡고 의협진가의 후계를 노린다는 것 또한 모른 척했다. 우리, 아니, 며느리에겐 그만한 자격과 명분이 있다고 여겼으니까. 일만 제대로 된다면 어쩌면 네 대에서 무창상단이 대륙상회(大陸商會)를 뛰어넘을 수 있을지 모른다는 기대까지 하게 되었다. 한데 그런 모든 기대가 한낱 물거품에 지나지 않았다니 이런 한심한 일이 또 어디에 있단 말이냐?"

"죄송합니다, 아버님."

마척의 고개가 바닥을 뚫고 들어갈 기세로 더욱 숙여졌다. 덩달아 마육과 마진 또한 고개를 들지 못했다.

"자넨 옆에서 뭐를 한 건가?"

마건의 질책이 마육에게 향했다.

"죄송합니다, 형님. 솔직히 이번 일이 이런 식으로 실패할 줄은 생각도 못했습니다."

"그걸 말이라고 하는가?"

"이화검문의 장로 오련신검이 목숨을 잃었고 제자들은 한쪽 귀를 잘린 채 포로가 되었다고 합니다. 신도세가도 자신들이 저지른 일에 대한 결백을 증명하기 위해 모조리 팔을 잘랐고요. 장로 여회 또한 목숨을 잃었다고 하니 사실상 신도세가와 이화검문이 박살이 난 상황입니다. 이걸 어찌 상상이나 할 수 있었겠습니까?"

틀린 말이 아니었기에 마건도 무작정 화만 낼 수는 없었다.

한숨을 내쉰 마건이 아직도 고개를 들지 못하고 있는 마척에게 물었다.

"어멈에게선 별다른 연락은 없느냐?"

슬며시 고개를 쳐든 마척이 기운 빠진 음성으로 대답했다.

"계속 연락이 오기는 왔습니다만 의협진가의 상황이 어찌 돌아가고 있는지 정확하게 파악을 하기가 힘들었습니다. 아마도 사전에 검열을 받은 듯싶습니다."

"사람은 보내봤느냐?"

"예, 하지만 출입을 거절당했습니다. 그저 자신들의 요구를 수용하라는 말뿐입니다."

"만약 거절한다면?"

"책임을 묻겠다는 경고를 해왔습니다."

경고라는 말에 마건의 안색이 새까맣게 변했다.

힘을 가진 이들의 경고가 얼마나 무서운지 수많은 경험을 통해 뼈저리게 느껴온 그였다. 게다가 그 상대가 무림에서도 명성 높은 의협진가임에야 말할 필요도 없었다.

"신도세가와 이화거문의 제자들이 그런 식으로 당했다면 이는 단순한 엄포가 아닐 것입니다."

마육의 말에 마건이 무겁게 고개를 끄덕였다.

"증거가 확실한 이상 신도세가와 이화검문도 어쩌지 못한다는 것을 알고 있는 것이겠지. 다른 곳이라면야 그들의 힘으로 간단히 짓뭉개 버리면 그만이지만 의협진가는 단순히 힘으로 어쩔 수 있는 곳은 아니니까."

"그렇다고 해도 만 냥의 액수는 말도 안 됩니다. 차라리 이화검문에 도움을 청하고 정면으로 맞서 보는 것도 나쁘지 않다고 봅니다. 그동안 심혈을 다해 육성한 청룡대의 힘에 이화검문의 암중 도움이 있다면 능히 싸워볼 만한……."

"한심한 놈!"

마진의 말은 마육의 호통에 의해 채 끝나지도 못했다.

"아, 아버지."

"방금 형님과 내 얘기를 허투로 들은 것이냐? 증거가 확실한 이상 신도세가와 이화검문은 결코 나서지 못한다. 의협진가는 단순히 힘으로 어찌해 볼 곳이 아니야. 자칫하면 무림의 공분을 산단 말이다. 한데 청룡대로 하여금 명분을 쥐고 있는 의협진가와 맞선다? 만약 신도세가와 척을 지고 있는 정의문이나 형주유가가 얼씨구나 하고 의협진가에 힘을 실어주면 어찌 되는 것이냐? 청룡대가 그들과 감히 상대를 할 수 있다고 보느냐?"

마육의 질책에 얼굴이 벌게진 마진은 입을 다물고 말았다.

"그래도 일만 냥은 너무 큽니다. 그 손해를 메꾸려면 몇 년은 걸립니다. 어떻게든 방법을 마련해야 합니다."

마척은 의협진가의 요구를 도저히 수용할 수 없다는 듯 고개를 흔들었다.

"그러니까 지금 와서 그 방법이 뭐냔 말이다."

마건이 답답함을 감추지 못하고 소리쳤다.

그때, 전신이 땀으로 범벅이 된 청년이 나타났다.

마척의 막내 동생 마균(馬筠)이었다.

"쯧쯧, 네 녀석은 집안이 이 꼴인데 어디를 쏘다니고 있는 게냐?"

늦둥이라고 너무 품안에 두고 키웠다면 늘 후회를 하던 마건이 혀를 차며 나무라자 마척이 얼른 두둔하고 나섰다.

"제가 의협진가의 동태를 살펴보고 오라고 보냈습니다. 그래, 상황은 어떠냐?"

부친의 호통에 샐쭉한 표정을 짓던 마균이 이마에 번들거리는 땀을 닦으며 말했다.

"접근 자체가 불가능하우. 뭔 틈이라도 있어야 방법을 찾아보지. 수호표국은 별 이상이 없는 것 같아서 그쪽을 파 보았는데 정작 본가에서 벌어지는 일은 그놈들도 잘 모르더라고. 그런데 문제는 그게 아니우."

"그게 아니면 다른 일이라도 있는 거냐?"

"지난밤에 흑월방이 작살났수다."

순간, 방 안에 있던 모든 사람의 표정이 싹 변했다. 행여 잘못들은 것은 아닌지 자신들의 귀를 의심했다.

"방금 보고 오는 길이우. 방주 놈은 사지가 부러진 몸으로 넝마가 되어 청향루 난간에 걸려 있고, 그 누구더라? 흑월방의 미친갠가 뭔가 하는 놈 있잔수. 독하기도 하고 잔머리를 아주 잘 굴린다는."

"공륜."

마진의 말에 마균이 손뼉을 쳤다.

"아, 맞수. 바로 그놈. 그놈도 방주처럼 제대로 박살이 난 모양인데 얼마 되지 않는 머리카락을 입에 처물고는 청향루 기둥 아래서 실성한 놈처럼 실실 웃고 있었수. 흑월방의 다른 윗대가리 역시 다들 병신이 되어 그 옆에 쓰러져 있었고. 아마도 다시는 사람 구실 하기 힘들 것 같더만."

"한데 그 무식한 놈들이 어째서 그런 꼴이 된 거냐? 누가 흑월방을 공격한 거야? 무창 밤거리에 새로운 세력이라도 생긴 건가?"

마진이 이해가 가지 않는다는 얼굴로 물었다.

"쯧쯧, 형님도 총관이 되더니만 어째 머리가 더 굳은 것 같수. 생각해 봐. 흑월방이 어떤 놈들과 연관이 있는지."

"연관?"

고개를 갸웃거리던 마진의 얼굴이 갑자기 하얗게 질렸다.

"신도세가!"

"그러고 보니 의협진가에서 온 서찰 중에 흑월방의 행동대장이란 놈이 포로로 잡혔다는 사실도 적혀 있었지."

마척이 몸을 살짝 떨며 말했다.

"후. 경고치고는 참으로 무섭구나. 흑월방의 뒤에 신도세가가 있다는 것을 뻔히 알면서 전혀 개의치 않고 공격을 하다니. 바꿔 말하면 우리 뒤에 이화검문이 있어도 언제든지 공격을 할 수 있다는 말이 아니더냐."

한숨 섞인 마건의 음성엔 맥이 확 풀려 있었다.

무거운 침묵이 한참 동안이나 그들을 잠식했다.

가장 먼저 입을 뗀 사람은 마척이었다.

"아무… 래도 준비를 하는 것이 좋을 듯싶습니다."

"다른 방법이 없으니 그래야겠지."

마건이 모든 것을 체념한 얼굴로 고개를 끄덕였다.

"저들이 요구한 액수가 일만 냥이다. 상단에 자금은 여유가 있느냐?"

마육이 마진에게 물었다.

"시세 확장을 하느라 턱없이 부족합니다. 당장 그만한 현금을 구하자면 이곳저곳에 손을 내밀어야 할 듯싶습니다."

"허! 망신도 이런 망신이 없구나."

마건의 탄식에 다들 고개를 들지 못했다.

"일만 냥이라면 상단의 일 년 순익이 이천 냥 정도라고 했으니까 대충 오 년 정도면 적당히 통치겠네. 뭐가 그리 걱정이랍니까?"

마균이 별 걱정을 다한다는 듯 좌중을 둘러보며 말했다.

한 치 앞도 볼 수 없는 중원 상계에서 그동안 얼마나 많은 변화가 있을지, 오 년이란 시간을 현상 유지에 급급했을 때 확장일로를 걷던 무창상단에 어떤 결과를 초래할지 전혀 가늠하지 못하는 마균의 말에 다들 허탈한 얼굴로 한숨만 내쉴 뿐이었다.

*　　　*　　　*

"허허허! 이거야 원. 허허허허!"

집무실을 울리는 커다란 웃음소리.

웃음소리가 커질수록 이를 듣고 있는 사람들의 안색은 점점 더 어두워졌다.

끝날 줄 모르던 웃음소리가 마침내 잦아들고 다들 조마조마한 심정으로 웃음을 터뜨린 노인만을 응시했다.

천천히 찻잔을 들던 노인, 무황성의 사대기둥이자 근래 들어선 무황과 버금가는 권력을 자랑하는 신도세가의 가주 신도장이 옆에 앉아 있던 노인에게 고개를 돌리며 말했다.

"다른 건 다 그렇다 치고 혈수단주의 문제는 어찌했으면 좋겠나?"

팔짱을 낀 채 무심한 얼굴로 앉아 있던 노인이 조용히 말했다.

"부러진 칼은 다시 붙인다고 해도 쓸모가 없는 법이지요. 한데 부러진 것도 부족해 오히려 주인을 해치고 말았으니 버려야 된다고 봅니다."

"쯧쯧, 냉정한 성격 하고는. 자고로 막내라 하면 눈에 넣어도 아프지 않은 자식이거늘. 세상천지 막내아들을 그리 쉽게 버리자고 하는 사람은 자네뿐일 걸세."

"품안에 있을 때나 자식이지요. 혈수단이 임무를 실패했고 가문에 누를 입힌 이상 혈수단주가 그에 상응하는 책임을 지는 것이 당연합니다. 게다가 수하들은 모조리 죽었는데 단주

혼자 살아남는 것도 구차한 것이고요."

신도세가 역사상 최고의 고수라 존경받는 천무진천 신도 충은 그렇게 막내 아들의 죽음을 선고했다.

신도충의 말이 끝나자 그렇잖아도 무거웠던 좌중의 분위기가 살얼음판처럼 위태롭게 변했다.

얼굴 가득 미소를 짓고는 있어도 신도장의 눈빛만큼은 저 밑에서부터 치솟는 노기로 인해 활화산처럼 활활 타오르고 있었다.

"혈수단이 몰살당했고 혈수단주가 잡혔다. 여 장로도 죽었고 그가 이끌고 간 제자들은 결백을 주장한다며 모조리 팔이 잘리는 수모를 당하고 말았구나."

"천아."

"예, 아버님."

차기 가주로 유력시되는 신도천(申屠天)이 바짝 얼은 자세로 대답했다.

"여 장로가 혈수단주가 신도세가에서 축출당했다며 본가와 관계가 없다고 주장한 것은 실로 탁월한 선택이었다. 비록 그의 독단이라고는 해도 당시 상황에서 할 수 있는 최선의 주장이었을 터. 시신이 돌아오는 대로 그만한 예를 갖춰야 할 것이다."

"알겠습니다."

"또한 본가를 위해 스스로 팔을 희생한 제자들에 대한 처우도 잊지 말고."

"예, 한데 혈수단원들은 어찌해야 합니까?"

신도충이 조용히 나섰다.

"그건 내가 알아서 하마. 공개적으로야 아무것도 할 수 없는 상황이니. 가족들에게도 따로 얘기해야 할 것이고."

"예, 숙부님."

"흑월방으로 보냈던 아이들에게 연락은 하였느냐?"

신도장이 물었다.

"곧바로 회군하라 전서구를 띄웠습니다. 지금쯤 돌아오고 있을 것입니다."

"잘했다. 의협진가가 이리 빨리 움직일 줄은 상상도 못했구나. 표행에서 돌아온 지 하루도 되지 않아 흑월방을 쓸어버릴 줄이야."

신도장이 씁쓸한 웃음과 함께 의협진가의 전광석화 같은 행동에 감탄을 금치 못했다.

"하지만 아버님. 다른 곳은 몰라도 흑월방은 다시 찾아야 하지 않겠습니까?"

신도천이 조심히 물었다.

"맞습니다. 흑월방은 다시 재건을 시켜야 합니다."

"포로 하나 잡은 것을 핑계 삼아 흑월방을 공격한 것은 분명 좋지 않은 의도가 있는 것입니다. 그냥 넘어가선 안 됩니다."

"의협진가가 흑월방을 공격한 것은 이참에 흑월방을 집어삼키려는 의도로 보입니다."

말문이 터진 것인지 곳곳에서 의견들이 쏟아져 나왔다.

그들의 의견을 가만히 듣고 있던 신도장이 물었다.

"수뇌부가 모조리 뒈지거나 병신이 되었다면 흑월방이 완전히 해체된 것이냐? 아니면 방금 말대로 의협진가에서 흑월방을 암중으로 장악하려는 움직임이 보이는 것이냐?"

"현재까진 수뇌부가 무너진 것만 확인되었습니다."

신도천이 대답했다.

"의협진가의 움직임을 면밀히 살펴야 할 것이다. 흑월방 따위야 어찌 되든 문제도 아니지만 그곳에서 나오는 자금만큼은 본가에 반드시 필요하니까."

"알겠습니다."

신도천의 대답이 끝나자 말석에 앉아 있던 사내가 조심스레 몸을 일으켰다. 신도장의 명령에 따라 의협진가로 정보력을 집중시키기 위함이었다.

"이화검문의 움직임은 어떠하더냐?"

"아무런 움직임도 없습니다만 전체적인 분위기는 상당히 좋지 않다고 합니다."

"당연하겠지. 우리야 여 장로의 빠른 판단으로 한발 벗어났다고는 해도 저들이 무창상단과 공모하여 살수를 동원한 것은 그대로 사실이 되어버렸으니까. 어찌 대처를 해야 할지 고심이 클게다. 눈 딱 감고 힘으로 짓눌러 버리려고 해도 그게 통하지 않는 상대니까."

"꼭 안 될 것은 없다고 봅니다. 과거의 의협진가가 아닙니다."

언성을 높인 중년인이 조카 신도호(申屠浩)라는 것을 확인한 신도장이 지그시 눈을 감고 있는 신도충을 힐끗 바라보며 대답했다.

"의협진가의 힘만을 얘기한 것이 아니다. 무림인들이 의협진가를 바라보는 시선과 명예를 감당키 힘들다는 것이지. 무엇보다 의협진가를 치게 되면 정의문이나 형주유가는 물론이고 무황이 직접 움직일 수 있는 명분을 주게 된다. 그야말로 최악의 수지다. 지금 당장은 절대로 피해야만 하는."

"그렇다고 그냥 지켜만 보는 것도 문제가 있습니다. 본가의 위신이 땅에 떨어졌습니다. 더불어 혈수단이 흘린 피에 대한 대가를 받아내야 합니다."

동생의 문제가 걸렸기 때문인지 신도호는 한 번 더 자신의 의견을 피력했다.

"물론이다. 다만 세인들의 시선이 집중되고 있는 지금 당장은 의협진가를 어찌할 수 없다는 것이야."

"하면 대체 언제까지 기다려야 한다는 말씀입니까?"

순간, 신도충의 눈이 번쩍 떠졌다.

"가주께 무슨 무례냐?"

착 가라앉은 신도충의 음성에 실린 살기에 신도호의 안색이 파랗게 질렸다.

"아, 아버님."

"당장 사죄를 드려라."

말이 끝나기가 무섭게 신도호가 자리에 납작 엎드렸다.

"죄송합니다, 가주님. 제가 너무 주제넘었습니다."

"아니다. 어서 일어나거라. 동생 일로 예민한 것을 모를 내가 아니다. 그리고 혈수단이 흘린 피에 대한 대가를 받아내는 것은 생각보다 오랜 시간이 걸리지 않을 것이니 너무 마음 졸이지 말거라."

"예?"

"잊었느냐? 이번 일을 주도한 놈이 있다고 했다. 아직까지 세간에 알려지지 않은 의협진가의 핏줄. 확신하기는 이르지만 이 백부의 생각이 맞다면 놈은 곧 무황성으로 움직인다."

신도장의 눈에서 한광이 번뜩였다.

"놈을 네게 맡기마. 최대한 지원을 해줄 테니 제대로 요리를 해보거라."

"예, 가주님."

"단, 의협진가의 대표라면 무황성의 수호령주라는 것이다. 결코 함부로 움직여서는 안 된다. 신중에 신중을 기해서 처리해야 할 것이야."

"알겠습니다. 본가의 명예를 걸고 놈에게 응분의 대가를 치르게 만들겠습니다. 오직 죽음으로써 말입니다."

천천히 몸을 일으키며 각오를 다지는 신도호.

그 상대가 눈앞에 있다면 당장 찢어죽일 수 있을 정도로 무시무시한 기세를 뿜어내고 있었다.

14장

천강십이좌(天罡十二座)

　무창상단이 의협진가에서 희생된 인원을 다소 부풀려 요구한 일만 냥의 보상액을 정확히 보름 만에 지불했고 스스로 결백을 증명코자 팔을 자른 신도세가의 무인들도 본가로 돌아갔다.

　흑월방의 수뇌들은 목숨을 잃거나 모조리 병신이 된 상태로 관가로 끌려갔으며 진유검의 도움으로 미리 준비를 하고 있던 복천회 무창지부가 흑월방을 비롯하여 무창의 밤거리를 완벽하게 장악했다.

　가장 골치 아픈 이들은 이화검문의 포로들이었다.

죄가 명백했으나 이화검문의 역공을 부담스러워한 진산우
와 몇 남지 않은 원로들의 주장에 따라 그들의 처리를 무황성
에 맡기기로 결정했다.

무황성에선 의협진가의 연락을 받기가 무섭게 포로들을
압송해 갈 인원을 보내왔는데 그 임무를 맡은 이들이 무황 직
속의 삼대 전투단으로 알려진 뇌력대(雷力隊)였기에 다들 놀
라움을 감추지 못했다.

세인들은 그것을 무황과 사대가문의 반목을 보여주는 것
이라며 수군거렸지만 일부에선 그만큼 의협진가를 존중하는
것이라 평하기도 했다.

가문의 후계 문제도 마무리가 되었는데 당연히 진유검이
대를 이을 것이란 예상과는 달리 그는 스스로 가주직을 포기
하고 진호를 다음대 가주로 내정했다.

많은 식솔이 우려를 표했지만 기적적으로 몸을 회복한 태
상가주가 진유검의 결정을 수용하고 진호를 지지하면서 모든
문제는 일단락되었다.

그렇게 의협진가에 드리웠던 암운을 거둬내고 후계 문제
까지 매듭지은 진유검이 의협진가를 떠난 것은 그가 무창에
도착하고 정확히 한 달이 지난 후였다.

"여기가 그 유명한 적벽대전이 벌어진 곳이랍니다."

뱃머리에 앉아 있던 전풍이 무슨 얘기를 들은 것인지 고개를 홰홰 돌려가며 소리쳤다.

"저기 보십시오, 주군. 절벽의 색이 붉지 않습니까? 그래서 적벽이라고 한답니다."

정말 붉어서 그런 것인지 아니면 기울어가는 햇빛에 의해 다소 붉게 보이는 것인지 애매했지만 전풍은 처음부터 붉은 빛이 맴도는 절벽이라 확신하는 모습이었다.

"적벽인지 뭔지는 관심 없다."

"역사에 관심을 가져 보십시오, 주군. 다 피가 되고 살이 되는 겁니다."

전풍이 점잔을 빼며 말하자 가소롭다는 듯 콧방귀를 뀐 진유겸이 후미 쪽을 향해 턱짓을 했다.

"네놈이 지금 관심을 가질 것은 적벽인지 뭔지가 아니라 우리 뒤를 밟고 있는 저놈들이야."

"예? 미행하는 놈들이 있다는 겁니까?"

전풍이 깜짝 놀라 되물었다.

"우리가 본가를 떠나면서부터 따라왔다. 개나 소나 다 따라오는 것은 상관이 없는데 뒤를 밟으려면 눈치껏 적당히 해야지 저리 티 나게 쫓아다니면 서로 불편하잖아. 물론 네놈처럼 전혀 눈치채지 못하면 상관은 없다만."

"험, 눈치채지 못하다니요? 잠시 주변 풍광에 취했을 뿐입니다."

민망한 얼굴로 변명을 한 전풍이 차분히 주변을 살피기 시작했다.

그렇잖아도 큰 배에 워낙 많은 이가 타고 있었기에 딱히 의심을 할 만한 사람이 없었다.

모두 자신들을 쳐다보는 것 같기도 하고 또 아닌 것 같기도 했다.

전풍이 제대로 판단을 내리지 못하고 망설이자 진유검이 은근한 어조로 물었다.

"전혀 모르겠지?"

"모르긴 누가 모릅니까? 이미 찾았습니다."

전풍이 정색을 하며 소리쳤다.

"그래? 어디에 있는데?"

"설마 이 많은 사람 앞에서 소란을 떨자는 겁니까? 그냥 쥐새끼들일 뿐입니다. 굳이 들춰내서 역사적인 장소에서 분위기를 망치고 싶지 않습니다. 나중에, 한가해지면 천천히 잡도록 하겠습니다."

지그시 눈까지 감는 전풍의 태도에 기가 막혔는지 진유검이 냅다 주먹을 휘둘렀다.

"에라이! 모르면 모른다고 하든가."

뒤통수를 맞은 전풍이 비명과 함께 앞으로 고꾸라지자 주변 모든 이의 시선이 그들에게 향했다.

전풍이 벌게진 얼굴로 벌떡 일어나며 씩씩거릴 때 그를 지나친 진유검이 염소 꼬리와 비슷한 수염을 기른 배불뚝이 사내에게 다가갔다.

"어디 소속이냐?"

"예?"

사내가 당황한 얼굴로 되물었다.

"어디 소속이냐고?"

"어, 어디 소속이냐니요. 전, 그저 떠돌이 장사치에 불과합니다."

사내가 잔뜩 주눅이 든 얼굴로 말을 더듬었다.

"장사치는 외부에 내세우는 얼굴이겠지. 그거 말고 진짜 얼굴. 어디냐고?"

"대, 대체 무슨 말씀을 하시는……."

"말하기 싫으면 관둬. 전풍."

몸을 홱 돌린 진유검이 전풍을 불렀다.

그렇잖아도 화풀이 대상을 찾고 있던 전풍이 득달같이 달려들어 사내의 멱살을 낚아채더니 그대로 배 밖으로 던져 버렸다.

사람들은 별다른 이유도 없이 사람을 던진 진유검과 전풍을 두려움과 혐오스런 눈길로 바라보며 처절한 비명과 함께 강물에 처박힌 사내를 동정했지만 심금을 울렸던 비명과는 다르게 강물에 떨어진 사내가 능숙하게 헤엄을 치는 것을 보며 조금은 고개를 갸웃거렸다.

"알아서 기어 나와. 저자는 그냥 보내줬지만 지금부터 걸리는 놈은 팔다리 하나 정도는 부러뜨려 줄 테니까."

진유검의 나직한 음성은 묘하게도 배에 있는 모두의 귀에 또렷하게 들렸다.

다들 두려운 얼굴로 서로를 바라보며 웅성거리고 있을 때 선원으로 위장하고 있던 사내가 걸어왔다.

"어디 소속이냐?"

"……."

"그래, 알아서 나왔으니 비밀은 지켜주지. 내려."

진유검의 말이 끝나기가 무섭게 사내가 배에서 뛰어내렸다. 일말의 머뭇거림도 없었다.

그를 필두로 곳곳에서 사람들이 걸어 나왔다.

진유검은 그들이 자신의 소속을 감추려는 것을 모두 인정해 주었고 무사히 배에서 뛰어낼 수 있도록 배려(?)를 해주었다.

사람들은 도저히 이해할 수 없는 광경에 놀라는 한편 궁금증 가득한 얼굴로 진유검과 전풍의 다음 행동을 지켜보았다.

여섯 명이 배에서 뛰어내렸지만 진유검은 아직도 만족하

지 못하는 얼굴로 천천히 좌우로 고개를 돌렸다.

행여나 자신을 보는 것은 아닐까 걱정한 이들이 분분히 시선을 외면했지만 어차피 진유검이 찾는 이들은 평범한 사람들이 아니었다.

진유검의 시선이 한 노파에게서 머물렀다.

전풍이 득달같이 달려들자 허리가 반쯤 굽었던 노파가 어디서 그런 힘이 나는 것인지 재빨리 몸을 틀며 전풍의 엉덩이를 걷어찼다.

손을 뻗어 막기는 했지만 그런 반격을 허용했다는 것 자체가 망신이라 생각한 전풍이 벌게진 얼굴로 노파에게 달려들었다.

주먹에서 뻗어 나온 바람이 매섭게 소용돌이치고 살벌한 기운이 주변을 가득 메웠지만 허리를 쭉 펴고 유연하게 걸음을 옮기는 노파는 전혀 두려워하는 기색이 아니었다.

특히 전풍의 주먹을 가볍게 흘려버리고 이어지는 역공의 민첩함은 진유검마저 탄성을 터뜨릴 정도였다.

"제대로 해라. 잘못하면 네가 진다."

진유검이 웃음 섞인 충고가 아니더라도 전풍은 자신의 눈앞에 있는 노파, 아니, 노파의 탈을 쓴 여인의 실력이 만만치 않다는 것을 이미 느끼고 있었다.

한층 신중한 자세로 권각을 쏟아내는 전풍. 그러나 노파에겐 조금의 위협도 되지 못했다.

"소문만큼은 아니군요. 이 정도 공격으론 나를 어쩌지 못해요."

전풍의 공격을 이화접목의 수법으로 멋들어지게 흘려보낸 뒤 그의 가슴에 일격을 날린 여인이 비틀거리는 전풍을 보며 실망스런 어조로 말했다.

"망할 년이 어디서 함부로 아가리를 놀려! 장소가 배만 아니었으면 네년은 이미 골백번은 뒈졌을 거다."

악을 쓰는 전풍의 모습이 한심한 변명을 해대는 것처럼 보였는지 곳곳에서 비웃음이 터졌다.

사람들이 자신을 비웃는다는 생각에 더욱 화가 치민 전풍이 발작을 하려 할 때 진유검이 그의 팔을 잡았다.

"여기까지."

"주군!"

"네 상대가 아니야. 배가 아니라면 모를까 이곳에선 네가 진다."

"방심했을 뿐입니다. 전력을 다하면……."

"상대 역시 전력을 다하지 않았다."

진유검의 말에 전풍은 흠칫 놀랐다.

다른 건 몰라도 무공에 대해선 만큼은 장난은 치거나 농담을 하지 않는 진유검의 성격을 알기에 온갖 짜증과 억울함이

치밀어 올랐지만 인정하고 물러날 수밖에 없었다.

"이번에 실망시키지 않았으면 좋겠군요."

노파의 얼굴과는 전혀 어울리지 않는 맑은 음성에 사람들이 웅성거리 시작할 때 진유검은 아무런 말도 하지 않고 가볍게 한 발을 움직였다.

한 걸음을 내딛었을 뿐인데 몸은 이미 노파의 면전에 이르고 있었다.

깜짝 놀란 노파가 이형환위(梨形換位)란 극상승의 보법을 시전하며 피하려 하였지만 진유검은 그녀의 몸이 움직이려는 방향을 이미 막고 있었다.

설마하니 그렇게 빠를 줄은 몰랐다는 듯 당황한 노파가 입술을 꽉 깨물고 손을 뻗었다.

목숨을 빼앗을 의도는 없는 듯 살기는 느껴지지 않았지만 그 빠름이나 날카로움, 그리고 그 안에 숨겨져 있는 교묘한 변화가 실로 대단했다.

실력을 다 내보이지 않았다는 진유검의 말을 확인하게 된 전풍은 노파의 수법에 감탄을 금치 못했지만 그뿐이었다.

"대단하군. 뭐, 그래 봤자 소용없지만."

어깨를 으쓱이며 가볍게 읊조리는 전풍의 말을 증명이라도 하듯 섬전처럼 빠르게 움직이던 노파의 손이 대충 뻗는 것처럼 보이던 진유검의 손아귀에 힘없이 잡히고 세 개의 잔상을 남기며 사라지던 신형도 어느새 그 움직임이 멈춰졌다.

노파가 자신의 발등을 밟고 있는 진유검의 발을 보며 당황스러움을 감추지 못하는 찰나 진유검이 그녀의 정강이를 툭 걷어차는 것과 동시에 잡고 있는 팔을 낚아채 노파의 몸을 허공에서 한 바퀴를 돌려 버렸다.

꽝!

바닥의 먼지가 뽀얗게 피어올랐다.

큰 충돌음과 함께 노파가 갑판 위에 대자로 뻗었다.

사람들은 설마하니 나이 많은 노파를 그렇게 무식하게 던져 버릴 줄은 상상도 하지 못했다는 얼굴로 진유검을 바라보았다. 물론 눈앞의 노파가 정말 노파인지 많은 사람이 의심을 하고는 있었지만 그래도 상당한 이들이 걱정을 했다.

그런데 진유검은 그들의 심정을 비웃기라도 하듯 대자로 뻗은 노파의 옆구리를 그대로 걷어차 버렸다.

바닥에 처박힌 충격으로 인해 꼼짝도 하지 못하고 있던 노파는 비명도 지르지 못하고 그대로 강물로 떨어지고 말았다.

사람들이 진유검의 잔인무도한 행동에 차마 입을 열지도 못하고 있을 때 전풍이 불만 어린 목소리로 물었다.

"숨었다가 걸리면 사지 하나 정도는 부러뜨린다고 하지 않았습니까?"

"어린 계집애 하나 상대하지 못하는 놈이 말은. 그냥 찌그러져 있어."

"어, 어린 계집이라고요?"

전풍이 상당히 충격을 먹은 표정으로 되물었다.

"아마 네 나이쯤 되었을 거다. 어쩌면 더 어리고."

진유검의 말에 전풍은 더 이상 입을 열지 못했다.

전풍은 끝까지 버티다가 걸린 간자들의 팔을 부러뜨려 강물에 처박아 버리는 것으로 화풀이를 했다.

한편, 물 위에 둥둥 떠서 점점 멀어져 가는 배를 물끄러미 바라보고 있던 노파가 반쯤 벗겨진 인피면구를 벗어버렸다.

진유검의 말대로 나이는 대략 스물 남짓, 대단한 미모는 아니었지만 얼굴에 풍기는 묘한 분위기가 어딘지 모르게 사람들의 시선을 끄는 매력이 있었다.

"신도세가와 이화검문의 장로를 쓰러뜨렸다더니 정말 실력이 장난이 아니네. 그런데 내 정체를 알아차린 것일까?"

그녀는 자신을 쓰러뜨린 직후, 귓가로 파고든 진유검의 전음이 영 마음에 걸렸다.

[훗, 사공세가로군. 무황이 보낸 건가?]

*   *   *

삐그덕! 삐그덕!

노 젓는 소리가 동정호의 밤을 조용히 깨우고 있다.

한 치 앞도 보이지 않을 정도로 짙게 물안개가 끼었으나 느긋하게 나룻배를 모는 늙은 사공의 얼굴엔 당황하는 기색이 조금도 느껴지지 않았다.

"제대로 가는 걸까요?"

전풍이 점점 더 짙어지는 물안개를 보며 불안해했다.

"당연히. 네가 무영도를 눈 감고도 돌아다니는 것과 같은 이치지. 눈으로 보고 어쩌고 하는 게 아니라 그냥 몸이 느끼는 거다. 그렇지 않습니까, 사공?"

"그럼요. 동정호를 지나는 배에서 태어나 벌써 육십 년입니다. 이 동정호는 제 손금 보듯 훤하지요."

"그러니까 얼마나 걸리는데요?"

전풍이 조금은 의심 섞인 목소리로 물었다.

"안개가 없다면 벌써 보였을 겁니다. 그런데 천강도(天罡島)는 무슨 일로 찾으시는 겁니까? 제 평생 군산을 찾는 분들은 많이 보았지만 천강도를 찾는 분은 거의 보지 못했습니다. 살고 있는 사람이라 봐야 어부 몇 뿐인데요."

"흐흐흐! 모른 척하는 게 좋을 겝니다. 알면 다쳐요."

전풍의 괴소가 끝나기도 전에 강물에 손을 넣고 부드럽게 젓고 있던 진유검이 전풍을 향해 물을 뿌리고는 말했다.

"제 지인이 천추정(千秋亭)에서 보는 일출이 천하제일이란 말을 하더군요."

천추정이란 말에 사공의 안색이 환해졌다.

"허허! 천추정의 일출을 아는 것을 보니 친구분께서 이곳 분이신가 봅니다."

"뭐, 그럼 셈이지요."

진유검이 살짝 미소를 띠며 어깨를 으쓱였다.

"제가 이곳 사람이라서 하는 말이 아니라 쌍구도(雙龜島) 사이로 떠오르는 일출은 정말 장관입니다."

외지인이 천추정의 일출을 알고 있다는 것이 그렇게 기뻤는지 사공의 자랑은 한참 동안이나 이어졌다.

"거, 한눈팔지 말고 배나 제대로 모슈. 엉뚱한 곳으로 가지 말고."

단순히 고개가 아니라 아예 몸을 돌리고 떠들어대는 사공의 행동이 영 마음에 들지 않았는지 전풍의 말투가 조금은 거칠어졌다.

"허허! 걱정도 팔자요. 이미 도착했으니 그런 걱정은 하지 말구려."

끊임없이 툴툴대는 전풍이 마음에 들지 않았는지 사공의 대꾸도 퉁명스러워졌다.

전풍이 발끈해 뭐라고 하려는 찰나, 육중한 진동과 함께 나룻배의 움직임이 멈췄다.

사공이 중심을 잃고 비틀대는 전풍을 향해 조소를 날렸다.

"쯧쯧, 사내가 다리에 그렇게 힘이 없어서야."

"뭐요? 이 영감이 호랑이 간을 삶아 드셨나. 누가 힘이 없다는 거요?"

전풍이 눈을 부라리자 진유검이 그의 뒷덜미를 잡아끌며 말했다.

"헛소리하지 말고 내리기나 해. 아, 그리고 사공."

"예, 공자님."

사공이 공손히 허리를 굽혔다.

자신을 대하는 태도와는 사뭇 다르다는 것을 느낀 전풍이 거칠게 콧김을 뿜었다.

"기왕 여기까지 왔으니 안내 좀 부탁해도 되겠습니까?"

잠시 망설이던 사공이 고개를 끄덕였다.

"돈 드는 일도 아닌데 그렇게 하지요."

뭍으로 나룻배를 끌어올린 사공이 성큼성큼 걸음을 옮겼다. 순간, 전풍의 눈동자가 반짝 빛났다.

"주군."

전풍이 은근한 어조로 진유검을 불렀다.

"왜?"

"보셨습니까? 저 사공 어딘지 이상합니다."

"뭐가?"

"아무리 뱃일로 잔뼈가 굵었다지만 저 나룻배를 저리 간단히 뭍으로 끌어올릴 수는 없습니다. 그것도 한 손으로요."

진유검은 대답 대신 피식 웃음을 터뜨렸다.

그 웃음에 뭔가를 느낀 전풍이 미간을 확 찌푸렸다.

"벌써 알고 계셨던 겁니까?"

"네가 저 사공이 어떻게 노를 저었는지 제대로 확인만 했다면 조금 전처럼 함부로 나대지 못했을 거다."

진유검의 음성이 제법 컸음에도 사공은 아무런 반응도 없이 그저 앞만 보고 걸었다.

전풍의 어깨에 팔을 턱 걸친 채 사공의 뒷모습을 보는 진유검의 표정이 실로 의미심장했다.

천강도의 규모는 생각보다 작지 않았다.

습지에서 이어진 갈대밭을 지나자 제법 잘 가꾸어진 소나무 군락도 보였고 운무에 쌓인 차밭도 보였다. 차밭에는 군산의 명품이라는 군산은침(群山銀針)을 비롯하여 여러 종류의 차나무가 몇 그루씩 자라고 있었는데 상당히 관리가 잘되어 있었다.

"저게 천추정인 모양인데요."

전풍이 섬 외곽의 바위에 지어진 정자를 가리키며 말했다.

"정자처럼 보이는 건물은 저것 하나뿐인 것 같으니 아마도

맞겠지. 맞습니까, 사공?"

"예, 저것이 천추정입니다. 아직 동이 트려면 시간이 이른
데 가보시렵니까?"

"가죠. 사공께서도 아시다시피 어차피 일출만 보려고 온
것도 아니니까."

지나가듯 던진 말에 사공의 몸이 살짝 움찔거렸다.

그것을 놓치지 않은 전풍이 한층 굳어진 얼굴로 사공과 주
변을 은밀히 살피며 진유검을 따랐다.

이른 새벽임에도 천추정엔 그들보다 먼저 온 손님이 있었
다.

천추정 바로 아래, 물안개 가득한 동정호에 낚싯대를 드리
우고 장죽(長竹)을 입에 물고 지그시 눈을 감고 있는 노인은
마치 세월을 낚았다는 강태공을 연상시켰다.

"나 원. 이 새벽에 낚시라니. 우리가 제대로 온 게 맞습니
까, 주군?"

전풍이 어이가 없다는 얼굴로 노인과 발밑에 대충 놓여 있
는 낚싯대를 번갈아 바라보았다.

진유검이 뭐라 대답을 하기도 전, 장죽을 물고 있던 노인이
고개를 돌리며 소리쳤다.

"네놈이 수호령주를 수행하고 온 놈이 맞다면 제대로 찾아
온 것이다."

느닷없는 호통에 움찔한 전풍이 뭐라 대답을 하지 못하자 진유검이 웃음을 터뜨렸다.

"저희가 오는 것을 알고 계셨던 모양입니다."

"허허허! 모를 리가 없지요. 이렇듯 세상과 담을 쌓고는 있어도 의협진가는 늘 우리가 관심을 두고 있는 곳입니다."

"우리라면 천강십이좌를 말씀하시는 겁니까?"

"잘 아시는구려."

그사이 낚싯대를 접은 노인이 천추정으로 올라왔다.

완전히 묶어 넘긴 머리카락, 얼굴 위로 길게 늘어진 눈썹은 눈처럼 새하얗고 두 눈은 눈꼬리가 다소 늘어졌지만 호랑이의 눈처럼 부리부리했다.

각진 턱은 젊어서는 사내다움을 상징했겠지만 늙어선 어딘지 모르게 모난 성격에 고집이 있어 보이게 만들었는데 그나마 후덕한 볼 살과 두툼한 코로 인해 전체적인 인상은 다소 유해 보였다.

"게다가 배에서 그 난리를 피웠는데 모를 리가 없지 않겠습니까? 지금이야 인근 지역에 머물러 있지만 내일이면 아마 장강 전체로 퍼질 것입니다."

"꼬리를 달고 이곳에 올 수는 없었습니다."

"허허! 그냥 그렇다는 것입니다."

노인이 너털웃음을 터뜨렸다.

"어르신께서 일좌십니까?"

진유검이 단도직입적으로 물었다.

"그렇습니다."

"하면 저 사공께선 몇 좌십니까?"

노인과 사공이 거의 동시에 흠칫 놀라는 표정을 지었다.

"알고 계셨습니까?"

"모르는 것이 이상한 것이지요."

전혀 눈치를 채지 못했던 전풍의 입가가 씰룩였지만 진유검은 아예 시선을 주지 않았다.

"삼좌입니다."

사공이 천추정 난간에 걸터앉으며 말했다.

"한데 어찌 아시었습니까? 나름 최선을 다해 기운을 갈무리했다고 여겼는데 말입니다."

"뭐라 설명드리기가 애매하군요. 여러 가지 사소한 것을 보고 유추를 했다고 해두지요."

한눈에 보고 알았다는 말을 차마 할 수 없었던 진유검은 그냥 에둘러 대답했다.

사공은 그다지 미덥지 않은 표정을 지었지만 자세한 설명을 요구하지는 않았다.

노인과 사공의 시선이 허공에서 얽혔다.

고개를 끄덕인 노인이 진유검을 향해 물었다.

"이곳을 찾았다는 것은 공자가 수호령주가 되었다는 것. 맞습니까?"

"맞습니다."

"신패를 볼 수 있겠습니까?"

진유검이 품에서 수호령주를 상징하는 옥패를 꺼내 들었다.

노인과 사공이 그 즉시 허리를 굽혀 예를 표했다.

"천강일좌가 수호령주를 뵙습니다."

"천강삼좌가 수호령주를 뵙습니다."

진유검이 얼른 신패를 치우며 말했다.

"그만 예를 거두시지요."

천천히 허리를 핀 노인이 말했다.

"정식으로 인사를 드리겠습니다. 천강일좌 문청공(文淸空)입니다."

"천강삼좌 조단(曺端)입니다."

두 노인이 정중히 예를 표하며 자신을 소개하자 진유검도 마주 예를 표했다.

"의협진가의 진유검입니다."

진유검의 눈짓을 받은 전풍도 인사를 했다.

"전풍입니다."

"쯧쯧, 꽤나 속이 좁은 놈이로구나. 아직도 꽁해 있는 것이냐?"

조단이 혀를 차자 전풍이 발끈해 소리쳤다.

"누가 꽁해 있단 말이오?"

"그게 아니면 뭐란 말이냐? 표정은 굳어 있고 입은 댓 발이나 나와 있으면서."

"아, 진짜! 원래 표정이 이런 걸 어쩌란 거요? 애당초 정체를 숨기지나……."

전풍의 입을 틀어막은 진유검이 문청공에게 말했다.

"다른 분들도 소집을 해주시겠습니까? 새롭게 수호령주가 되었으니 인사는 해야 할 듯싶습니다."

"천강십이좌에겐 이미 소집령을 내렸습니다."

문청공이 웃으며 대답했다.

"벌써요?"

"말씀드리지 않았습니까? 의협진가의 움직임에 늘 관심을 두고 있다고. 령주께서 의협진가를 떠나시자마자 곧바로 소집령을 내렸지요."

진유검의 눈이 동그래졌다.

"제가 이곳으로 올 줄 어찌 아시고요?"

"전대 수호령주가 실종이 되신 지금 의협진가에서 새롭게 수호령주가 되실 분은 공자님뿐이지요. 지금껏 수호령주의 신패를 받으신 분이 가장 먼저 한 일이 바로 천강십이좌를 소집하는 일이었습니다."

"어쩐지. 할아버지께서 가장 먼저 이곳으로 가야 한다고 말씀하신 이유가 있군요."

"늦어도 이틀 이내에 모두 모일 것입니다. 그런데 한 가지 말씀드릴 것이 있습니다."

"무엇입니까?"

"이미 알고 계실지는 모르나 천강십이좌는 더 이상 천강십이좌가 아닙니다."

진유검은 문청공의 말을 곧바로 이해했다.

"이곳으로 출발하기 전에 할아버지께서 말씀해 주셨습니다. 이좌는 단맥이 되었고 또 삼좌는 은둔자의 삶을 버렸다고요."

"부끄럽습니다."

문청공과 조단이 얼굴을 붉혔다.

"천만에요. 긴 세월입니다. 당대의 사람들은 몰라도 후손들까지 그런 삶을 강요하는 것은 욕심입니다."

"그렇게 말씀해 주시니 고맙습니다."

"하하하! 일좌께서 고마워하실 이유는 없습니다. 아무튼 벌써 소집이 되었다니 잘되었습니다. 무황성에 가기 전에 마무리를 지을 수 있겠군요."

"예? 마무리를 짓다니요?"

문청공이 약간은 굳은 얼굴로 물었다.

"그런 게 있습니다. 모든 분이 모이면 그때 말씀드리겠습니다."

진유검의 의미를 알 수 없는 웃음에 뭔지 모를 불안감을 느꼈는지 마주보는 문청공과 조단의 얼굴이 살짝 굳어 있었다.

*　　*　　*

"한심한!"

성날 외침과 함께 비취빛의 술잔이 허공을 갈랐다.

퍽!

둔탁한 충돌음과 함께 술잔이 산산조각이 났다.

그 파편의 일부가 얼굴에 박히며 큰 상처를 냈지만 무릎을 꿇고 있는 사내는 미동조차 하지 않았다.

"그쯤 해둬라."

술잔을 던진 사내와 마주앉아 있던 중년인이 나직이 말했다.

"죄송합니다, 당주님."

신도세가의 눈이라 할 수 있는 월안(月眼) 십조 조장 당기초가 고기를 푹 숙였다.

"쉽지 않을 것이라 생각했다. 그렇게 만만한 놈이라면 아우가 당하지도 않았겠지."

신도호가 부러진 한쪽 팔을 붕대로 감고 있는 월안 요원을 바라보며 말을 이었다.

"팔은 괜찮으냐?"

"괜찮습니다."

"듣기엔 놈의 경고에 알아서 기어 나온 놈들이 대다수라던데 끝까지 버티다가 그렇게 되었으니 그 용기가 가상타. 당 조장."

"예, 당주님."

"치료에 전념할 수 있도록 충분한 휴식을 주도록."

"알겠습니다."

월안 요원이 감격한 얼굴로 물러나자 신도호가 당기초에게 물었다.

"놈이 배에 타고 있지 않다고?"

"그, 그렇습니다."

"하면 놈은 지금 어디에 있다는 것이냐?"

"악양까지는 배에 타고 있었던 것이 확인되었습니다만 그 이후의 행방은 아직……."

당기초가 신도호의 눈치를 보며 말끝을 흐렸다.

"놈을 살피는 눈이 우리만 있는 것은 아닐 터. 다른 놈들도 마찬가지더냐?"

"예, 완벽하게 자취를 감췄습니다."

"악양이라……."

가만히 생각에 잠겼던 신도호가 옆으로 고개를 돌렸다.

"부당주는 어찌 생각하는가?"

백면서생처럼 매끈한 얼굴, 호리호리한 몸에 차분한 기운을 지닌 청년이 조용히 대답했다.

"글쎄요. 일단 자신들에게 쏠리는 눈이 귀찮아서 몸을 감췄을 가능성이 가장 크지만 지금껏 그의 거침없었던 행보를 감안하면 조금 이상하기는 하군요."

"그렇지? 확실히 이상해. 혹시 우리가 움직이고 있다는 것을 눈치챈 것은 아닐까?"

"그럴 가능성이 높습니다. 확실하지는 않다고 해도 무황이 움직였다는 정황이 포착되었으니까요. 긴밀히 연락을 하고 있을지 모르는 일입니다."

"조심을 해야겠군. 우리 쪽의 움직임이 노출되지 않도록 보안에 신경을 써."

"알겠습니다."

"당 조장."

"예, 당주님."

"놈이 무황성에 입성한 뒤, 공식적으로 수호령주의 자격으로 활동을 시작하면 골치가 아파진다. 놈들이 무황성에 도착하기 전에 반드시 잡아야 해. 지금 상황에서 내가 믿을 사람은 당 조장과 월안뿐이다. 본가에 요청해서 최대한 인원을 증원해 줄 테니까 놈들의 행방을 찾아. 모든 가능성을 가지고 추격을 해."

"맡겨주십시오."

그 역시 신도세가의 일원. 지금 자신에게 주어진 임무가 얼마나 중요한 일인지 너무도 잘 알고 있기에 대답하는 당기초의 표정은 결연하기까지 했다.

*   *   *

"도착한 것 같군요."

문청공의 말에 천추정에 모여 담소를 나누고 있던 이들이 일제히 고개를 돌렸다. 그리곤 조단의 안내를 받으며 걸어오는 노인을 반기기 위해 자리에서 일어났다.

"어서 오십시오."

문청공이 공손히 인사를 하며 노인을 반겼다.

"그간 잘 있었는가?"

가장 늦게 천강도에 도착한 노인, 천강십이좌 중에서 최연장자인 천강이좌 항정(項貞)이 나이에 걸맞지 않는 걸걸한 음성으로 인사를 했다.

"노부가 가장 늦은 모양이군."

항정이 천추정에 모인 이들을 둘러보며 말했다.

"저희도 방금 왔습니다."

동갑내기 친구인 천강십좌 곽종(郭琮)과 천강십일좌가 유상(劉祥)이 웃으며 소리쳤다.

"네 녀석들은 아직도 붙어 다니느냐? 그러다 정분나겠다."

항정의 말에 두 사람이 펄펄 뛰며 소리쳤다.

"남자끼리 정분이라니요!"

"악담이 너무 심하십니다."

차를 마시던 천강칠좌 여우희(呂優熙)가 깔깔거리며 웃었다.

"뭐 어때? 나란히 앉은 것을 보니 나름 그림이 나오는데. 벌써 정분이 난 거 아니야?"

"누님까지 그러기요?"

곽종이 인상을 찌푸리며 말했다.

"우리 신경 쓰지 말고 누님이나 어서 짝을 만드시구려. 내년이면 서른이요, 서른."

유상의 핀잔에 여우희가 혀를 내밀며 말했다.

"이 누님이야 남자들이 줄줄 따르니까 걱정하지 말고. 정말로 궁금해서 물어보는 건데 우리 두 아우는 어째서 여자 얘기가 없는 거야? 지금껏 사겨봤다는 말을 들어본 적이 없네.

설마 거기에 문제가 있다거나 하는 건 아니지?"

여우희의 장난스런 눈길에 곽종과 유상이 벌게진 얼굴로 하체를 가렸다.

"아, 쫌!"

"그런 노골적인 눈길 정말 싫다고요. 여자가 부끄러운 줄 알아야지."

여우희는 곽종과 유상의 반응에 또 한 번 깔깔 웃음을 터뜨렸다.

"그만하지. 자네들 때문에 어르신과 수호령주께선 인사도 제대로 나누지 못하시지 않나."

천강육좌 임소한(林昭漢)의 나직한 말에 여우희는 언제 장난을 치고 웃음을 터뜨렸냐는 듯 요조숙녀처럼 돌변하고 그런 여우희의 모습에 곽종과 유상은 고개를 절레절레 흔들었다.

"허허허! 녀석들! 꼬맹이들이 벌써 이렇게 컸구나."

너털웃음을 터뜨린 항정이 진유검을 향해 말했다.

"그대가 수호령주시오?"

"예, 의협진가의 진유검이라 합니다."

"항정이라오."

간단히 자기를 소개한 항정이 진유검의 모습을 찬찬히 살피기 시작했다.

한없이 부드러운 눈빛이었지만 진유검은 마치 날카로운 칼날이 자신의 전신을 헤집고 다닌다는 느낌을 받았다.

태연스레 자신의 시선을 받는 진유검의 모습에 항정의 얼굴에 감탄의 빛이 떠올랐다.

"요 근래 안 좋은 소식이 들려오기에 걱정을 많이 했는데 늙은이의 쓸데없는 걱정이었구려. 의협진가를 도모했던 적들이 꽤나 골치가 아프겠소이다."

감탄 섞인 항정의 평가에 좌중에 모인 이들 모두가 깜짝 놀라는 눈치였다.

그들 역시 진유검의 무공이 뛰어나다는 것은 어느 정도 짐작을 하고 있었다. 이미 신도세가와 이화검문의 장로를 쓰러뜨린 것만으로도 충분히 증명된 일이었다.

그러나 천강십이좌에서 압도적인 강함을 자랑하는 항정의 평가는 그것과는 또 다른 의미가 있었다.

"그렇게 만들어 줄 생각입니다."

진유검이 의미심장한 웃음을 흘렸다.

"의협진가에서 벌어진 일을 들어보면 그간의 일에 신도세가와 이화검문이 개입된 모양이오?"

"예, 어쩌면 더 많은 세력이 엮여 있을 수도 있겠지요. 다들 응분의 책임을 지게 될 것입니다."

신도세가와 이화검문은 물론이고 그 이외의 세력에 책임

을 묻겠다는 진유검의 말에 항정을 제외한 모두의 표정이 어두워졌다.

신도세가와 이화검문만 하더라도 무황성에서, 아니, 무림을 좌지우지할 수 있을 정도로 엄청난 힘을 지닌 곳이기 때문이었다.

"너무 무모한 싸움입니다."

조단이 염려 가득한 음성으로 말했다.

"전대 수호령주의 일을 생각하면 참으로 유감스러우나 아시다시피 우리는 도와줄 수 없습니다."

조단과는 달리 다소 냉정하게 선을 그었지만 문청공의 얼굴엔 미안해하는 기색이 역력했다.

진유검은 전혀 개의치 않는다는 듯 담담히 말했다.

"필요 없습니다. 원래 복수는 혼자 하는 것이니까요."

진유검의 반응에 다들 할 말을 잃었다.

자신감도 좋지만 진유검의 여유로운 태도는 자신감이 아니라 그저 자만심으로 느껴졌다. 오직 항정만이 뜻 모를 미소를 지었다.

"한데 제가 기억하기로 천강십이좌는 수호령주의 명을 받는 것으로 알고 있습니다. 맞습니까?"

진유검의 물음에 문청공은 다소 불안한 표정으로 고개를 끄덕였다.

"조건이 따라붙기는 하나 수호령주가 천강십이좌의 수좌임은 틀림없습니다."

"혹 무황이 수좌가 될 수 있는 것입니까?"

"절대로 될 수 없습니다."

문청공이 단호히 고개를 젓자 진유검이 만면에 웃음을 띠었다.

"역시 제 예상대로군요. 잘되었습니다."

"뭐가 잘되었단 말입니까?"

문청공이 불안한 얼굴로 물었다.

그의 뇌리에 문득 이틀 전 마무리를 짓겠다고 했던 진유검의 말이 계속해서 맴돌고 있었다.

"오늘 이 시간 이후 천강십이좌는 더 이상 존재하지 않습니다. 해체하겠습니다."

그야말로 폭탄과도 같은 선언.

처음엔 그 말뜻을 이해하지 못해 다들 눈만 끔뻑이는 정도였으나 시간이 가고 진유검이 한 말의 의미를 이해하게 되자 격렬한 반응이 터져 나왔다.

"지, 지금 뭐라 하셨습니까? 해체라 하셨습니까?"

문청공이 호랑이처럼 부리부리한 눈을 부릅뜨며 반문했다.

"농이 지나치십니다. 근 삼백 년에 이르는 시간 동안 무림

정기를 수호해 온 천강십이좌입니다. 한데 어째서!"

늘 입가에 웃음을 머금고 있던 조단마저 불쾌감을 감추지
않았다. 여우희나 곽종, 유상 등은 서로의 눈치를 보며 말을
아꼈다.

"천강십이좌의 존재 이유를 모르지 않으실 텐데 꽤나 당황
스럽군요. 이유를 여쭤도 되겠습니까?"

냉정함을 유지하고 있던 임소한이 차분히 물었다.

"천강십이좌는 말 그대로 무림의 정기를 수호하기 위해서
지금껏 존재했습니다. 당시 세외사패를 물리친 여러분의 선
조, 조사님들의 거룩한 뜻을 받들면서 말이지요. 하지만 여러
분께 되묻겠습니다. 선조님들의 뜻을 이어받는 것에 대한 부
담감은 없으셨습니까? 행복하셨습니까? 평생 동안 은둔자 생
활을 했습니다. 마음만 먹는다면 능히 한 지역의 패자가 되고
도 남을 실력을 지니고 말입니다."

"천강십이좌의 일원으로서 선조님들의 숭고한 뜻을 이어
받는 것은 그 어떤 욕망보다 우선시하는 것입니다."

문청공이 당치도 않다는 듯 정색을 하며 말하자 조단이 강
하게 고개를 끄덕이는 것으로 그의 말에 힘을 실어주었다.

하지만 슬며시 고개를 돌리며 헛기침을 하는 임소한, 침묵
을 지키는 여우희, 곽종, 유상 등의 표정은 문청공 등과는 사
뭇 달랐다.

"다른 분들은 생각이 조금 다른 듯하군요."

진유검의 말에 문청공은 당황할 수밖에 없었다.

"자, 자네들……."

"이거야 원! 그런 마음을 가지고 어찌 천강십이좌라 할 수 있단 말인가!"

조단이 불같이 화를 냈다.

조단의 호통에도 별다른 반응을 보이지 않는 임소한과 여우희와는 달리 곽종과 유상은 죄송스러움에 감히 고개를 들지 못했다.

"그만하시게. 따지고 보면 자네들이나 노부 역시 저 아이들 나이에는 다 그랬지 않았나. 진지하게 고민하고 나름 반항도 해보고 말이지."

곽종 등을 두둔하는 항정의 말에 문청공과 조단은 말문이 막히고 말았다. 그들 역시 방황을 하던 시기가 분명히 있기 때문이었다.

"흥분만을 할 것이 아니라 령주의 얘기를 더 들어보는 것이 좋겠네. 령주는 어째서 그런 생각을 한 것이오?"

항정이 진유검을 향해 물었다.

"간단합니다. 마음에 들지 않아서요."

"허!"

생각도 못한 대답에 항정마저 헛바람을 내뱉었다.

"사문의, 가문의 숙명이니 임무니 하는 것. 선택은 없고 강요만 있으니까요."

"무림에 명성을 떨치고 있는 의협진가의 사람이 할 말은 아닌 것 같은데요."

"무슨 소리를 하는 거야!"

슬며시 고개를 쳐든 곽종이 조소를 흘리며 빈정거리자 유상이 얼른 그의 입을 틀어막았다.

"하하하! 맞는 말입니다. 의협진가의 사람은 그런 말을 할 자격이 없지요. 그런데 나는 아닙니다."

"암요. 우리 주군은 절대적으로 자격이 있습니다."

전풍이 맞장구를 쳤다.

외인이라 할 수 있는 전풍의 설레발에 다들 불쾌한 기색이 역력했지만 전풍은 조금도 개의치 않는 모습이었다. 오히려 목소리를 높였다.

"다들 힘든 세월을 지낸 것으로 보이긴 하지만 주군에 비할까요. 나이 일곱 살에 부모 품을 떠나 외딴섬에서 가문의 숙명을 짊어지고 매일같이 죽을 만큼 힘든 수련을 한 사람이 바로 주군입니다."

전풍이 곽종을 향해 고개를 홱 돌렸다.

"그런 수련을 해봤소?"

갑작스레 자신을 향한 화살에 곽종이 아무런 대꾸도 하지 못하자 전풍이 엄지손가락을 치켜들며 말했다.

"우리 주군은 그런 삶을 살았고 수백 년 동안 의협진가의 그 누구도 이루지 못한 일을 해냈소. 그러니 함부로 말하지 마시오."

"아, 아니, 난 그저……."

전풍의 기세에 눌린 곽종이 말을 얼버무리자 약간은 놀라운, 아니, 정확하게 말하면 가소롭다는 눈길로 전풍이 설쳐대는 것을 지켜보던 진유검이 피식 웃으며 고개를 흔들었다.

"뭐, 그 정도까지는 아니니까 신경 쓸 건 없습니다. 다만 여러분의 입장을 조금은 이해할 수 있을 만큼 고생은 했습니다."

진유검은 별것 아니라는 듯 말을 하고는 있으나 천강십이좌는 전풍이 언급한 수백 년이란 단어를 놓치지 않았다.

'대체 뭐란 말인가? 의협진가에 그 오랜 세월 동안 이어져 내려온 가문의 숙명이란 것이.'

'일곱 살? 그 어린 나이에 섬에 처박혀 있었단 말이야?'

전풍의 말을 곱씹는 천강십이좌의 눈길은 조금 전과는 분명히 달랐다.

"령주가 우리와 비슷한 과정을 겪었다는 것은 알겠소만 그렇다고 천강십이좌를 해산하겠다는 것은 이해가 되지 않소이다. 선조들의 숭고한 뜻을 너무 쉽게 여기는 것은 아닌지 모르겠소."

항정의 우려 섞인 말에 진유검은 가만히 고개를 저었다.

"쉽게 여기는 것은 아닙니다. 다만 너무 형식에 얽매여 선택을 강요받는 것이 싫을 뿐입니다. 무림의 정의를 수호하는 것은 좋은 일입니다. 얼마든지 이어받을 수 있는 고귀한 정신이지요. 하지만 은둔자의 삶까지 이어받는 것에는 반대하고 싶습니다. 한 번뿐인 인생 이렇듯 숨어 살면 너무 허망하지 않겠습니까? 물론 아니라고 강력하게 주장하시는 분도 계시겠지만 말이지요."

분위기가 너무 무거워졌다고 생각했는지 문청공과 조단을 바라보며 던진 진유검의 마지막 말은 꽤나 익살스러웠다.

악의가 없다는 것을 알기에 문청공이나 조단도 불쾌하게 생각하지는 않았다.

"다시 한 번 말씀드리지만 수호령주, 아니, 천강십이좌의 수좌로서 제 결심을 밝혔습니다. 천강십이좌는 해체합니다. 하지만 이 또한 제 개인적인 판단이고 선택입니다. 여러분께서 천강십이좌를 유지하고 싶으시다면 그렇게 하시면 됩니다. 물론 기존의 틀과는 다소 차이가 있겠지요."

"수좌의 지위를 버리겠다는 말입니까?"

문청공이 물었다.

"그렇습니다."

너무도 확고한 대답에 문청공은 일순 할 말을 잊었다.

제한적이기는 하나 한 번 움직이면 그 어떤 힘보다 막강하리라 여겨지는 천강십이좌의 힘을 이토록 쉽게 포기할 수 있는 사람이 있으리라곤 생각도 하지 못한 표정이었다. 그건 다른 이들 또한 마찬가지였다.

그들의 시선을 의식한 진유검이 어색한 웃음을 흘렸다.

"너무 그렇게 괴물 보듯 하지 마십시오. 저 또한 쉽게 내린 결정은 아니었습니다."

그건 거짓말이었다.

어릴 적부터 가문의 숙명에 짓눌렸던 진유검은 스스로 선택하지 못하는 삶을 극도로 혐오했기에 천강십이좌의 존재에 대해서 알게되자마자 지금과 같은 결정을 내린 상태였다.

"령주가 어떤 마음으로 그 같은 결정을 내렸는지 잘 알겠소이다. 하지만 삼백년 가까운 세월 동안 이어진 숙명과도 같은 삶을 한 번에 부정한다는 것은 결코 쉬운 일이 아니라오. 우리에게도 생각할 시간을 주시구려."

항정의 요청에 진유검은 흔쾌히 고개를 끄덕였다.

"물론입니다. 쉽게 받아드리는 것이 이상한 일이지요. 아무튼 저는 잠시 물러나 있겠습니다. 결론이 나면 불러주십시오."

진유검은 천강십이좌 해체라는 엄청난 의견을 툭 던져놓

고는 그렇게 자리를 떴다. 마치 자신과는 아무런 상관도 없다는 듯 콧노래까지 불러가며.

진유검이 천추정으로 되돌아온 것은 꽤나 오랜 시간이 흐른 뒤였다.

"결정은 내리신 겁니까?"

천추정에 오른 진유검이 항정에 물었다.

"그렇소이다."

"흠, 제 예상대로 된 것 같군요."

진유검이 침울한 표정을 짓고 있는 문청공과 조단을 힐끗 바라보며 말했다.

"령주의 예상이 천강십이좌의 해체라면 틀린 것이라오."

"아닙니까?"

"령주의 거취와는 상관없이 천강십이좌는 해체하지 않기로 했소. 다만 지금처럼 은둔자의 생활은 더 이상 없을 것이오."

"하면……."

잠시 굳었던 진유검의 얼굴이 활짝 펴졌다.

"우리 같은 늙은이들이야 지금 세상에 나간다고 해서 뭐가 달라지겠소. 그저 음지에서 무림을 지키기 위해 애썼다는 궁지면 족하오. 하나, 저 아이들은 우리와 다르오. 각자의 꿈이 있을 것이고 포부가 있을 터. 원한다면 언제든지 세상 밖으로 뛰쳐나가도 좋다고 합의를 보았소."

"거기에도 조건이 있습니다. 천강십이좌의 일원으로서 무림에 큰 위험이 닥치면 언제라도 목숨을 바쳐 무림을 지켜내기로 말이지요. 약속은 지킬 수 있겠지?"

문청공의 물음에 곽종과 유상이 동시에 대답했다.

"당연한 말씀입니다, 어르신."

흐뭇한 얼굴로 그들을 바라보던 항정이 다시 말했다.

"해서 굳이 천강십이좌를 해체할 필요는 없다고 판단을 내린 것이라오. 그 이름을 버리기엔 그동안 쌓은 세월도 너무 아깝고."

"옳으신 말씀입니다. 어차피 각자의 삶을 살다가 필요에 따라 뭉치면 그뿐이니까요. 사실 제가 해체 운운한 것도 그저 상징적인 의미였을 뿐입니다. 해체를 한다고 해도 천강십이좌는 분명 천강십이좌니까요. 그런데 궁금하군요. 이후, 어떤 삶을 꿈꾸고 계시는지요."

진유검이 좌중을 둘러보며 말했다.

"우리 같은 늙은이야 뭐 변할 것이 있겠소. 그저 지금처럼 말년에 얻은 제자 녀석이나 닦달을 해볼 생각이외다."

항정이 웃음과 더불어 문청공과 조단의 한숨 소리가 들려왔다.

진유검이 임소한에게 고개를 돌렸다.

"아직 생각해 보지 않았습니다."

임소한의 말이 끝나기가 무섭게 여우희가 환하게 웃으며 말했다.

"우린 령주님을 따라가려고요."

전혀 예상치 못한 말에 진유검의 눈이 휘둥그레졌다.

"예?"

"저하고 저기 두 동생은 당분간 령주님을 모시며 세상 구경을 하기로 했답니다. 왜 그렇게 놀라시죠? 설마 잔뜩 바람을 넣어놓고 이제 와서 외면하시려고요? 절대로 그러지 않으시리라 믿어요."

여우희가 배시시 웃으며 말하자 진유검은 자신도 모르게 소름이 돋았다.

여인네를 한 번도 접해보지 못한 쑥맥의 부끄러움도, 여우희의 전신에서 스멀스멀 피어오르는 색기에 취해서도 아니었다. 전풍만큼이나 귀찮은 혹이 달라붙을 것만 같은 불길한 예감 때문이었다.

"우리가 권했소이다. 기왕 세상 밖으로 나갈 것이라면 제대로 경험을 해보라고 말이외다. 너무 부담스러워하지 마시고 잘 좀 부탁드리오."

진유검이 어찌 대답을 해야 하나 고민을 하던 찰나 벌떡 일어난 곽종이 더없이 진지한 얼굴로 말했다.

"천강이좌께서 말씀하시길 령주께선 이좌께서도 감히 추측하기 어려운 고수라 하셨습니다. 기왕 령주님을 모시고 세상에 나서기로 결정한 바 령주님께서 어느 정도 실력을 지녔는지 알고 싶습니다. 무례하다 생각하지 마시고 한 수 가르침을 주십시오."

진유검은 곽종의 요청에 쓴웃음을 짓고 말았다.

자신의 의사와는 상관없이 여우희나 곽종 등은 이미 함께 움직이는 것을 기정사실처럼 여기는 것 같았다.

"뭐요, 지금? 내 주군을 당신들의 주군으로 모시겠다는 말씀이오?"

전풍이 탐탁지 않은 표정으로 물었다.

"주군이 아니라 당분간 령주님과 함께 생활하기로 결정했다는 뜻이오."

"뭔 소린지. 아무튼 원한다면 내가 상대를……."

성급하게 나서려는 전풍의 어깨를 잡아채 주저앉힌 진유검이 조용히 말했다.

"한 수 가르쳐 달라고 했습니까? 좋습니다. 하나, 손속에 사정을 두거나 하지는 않습니다."

착 가라앉은 눈빛에 자신도 모르게 주눅이 들었지만 그래도 천강십이좌의 일인으로서 자존심이 하늘을 찔렀던 곽종은 애써 태연한 얼굴로 대답했다.

"바, 바라던 바입니다."

전풍이 피식 웃었다.

"바라던 바? 그 말을 얼마나 후회하게 될지 곧 알게 될 거요."

곽종이 무슨 뜻인지 확실히 하라는 표정을 짓자 코웃음을 친 전풍이 말을 이었다.

"의협진가에 머물 당시 주군께서 며칠 동안 가르침을 준 사람이 있었소. 모르긴 몰라도 큰 도움이 되었을 것이오. 내가 봐도 확실히 실력이 늘었으니까. 문제는 주군께서 실력을 확인한다는 명목으로 완전히 작살을 내버렸다는 것이오. 병신은 면했지만 제대로 운신을 하려면 앞으로 한두 달은 누워 있어야 할 거요."

전풍은 곽종의 얼굴이 하얗게 질리는 것을 보며 몇 마디 말을 덧붙였다.

"그 사람이 누구냐면 의협진가 태상가주님의 호위무사요. 의협진가에서 손꼽히는 고수였다지 아마. 그러면 뭘 하나. 손가락 하나 까딱하지 못하고 박살이 났는걸. 어떻게 박살 났는지 기억도 못하더이다."

"호호호! 정말 재밌는 승부가 되겠네. 곽 동생이 저리 여리여리해 보여도 승부욕 하나는 정말 최고거든. 무공도 어지간한 문파의 장로 몇 정도는 간단히 찜 쪄 먹을 만큼 최고고. 요

즘 무림에서 잘나가는 후기지수들을 보고 잠룡 어쩌고저쩌고
떠들어대도 곽 동생이라면 간단히 밟아버릴 수 있을걸. 령주
님, 사정 봐주시다가 큰일 나요."

여우희의 농담 섞인 말에 곽종이 인상을 확 구겼다.

'그런 말까지 할 필요는 없다고요!'

곽종이 원망 어린 눈빛으로 여우희를 노려보았다.

"우희의 말대로 정말 기대가 되는구나. 천강십이좌의 이름
을 걸고 멋진 승부를 해보거라."

항정이 박수를 치며 곽종을 격려했다.

문청공과 조단, 임소한 등은 이미 천추정 아래로 내려가 자
리를 잡고 앉았다.

"조, 좋다구요. 내가 그리 만만한 사람은 아닙니다."

스스로 마음을 다잡은 곽종이 천추정을 내려갔다.

느긋하게 따라오는 진유검과는 달리 전신의 근육이 팽팽
하게 긴장된 상태였다.

"처음부터 기를 꽉 죽여야 됩니다, 주군."

전풍이 슬며시 다가와 한 소리를 했다.

"너나 잘해."

한마디를 툭 던진 진유검이 이미 자세를 잡고 있는 곽종에
게 향했다.

곽종의 조사는 대력신권이라 불리는 권의 달인으로 독문

무공인 패철연쇄권(覇鐵連鎖拳)은 강맹함은 물론이고 예측하기 힘든 정도로 현란한 변화를 지닌 뛰어난 무공이었다.

하지만 전풍은 곽종의 기수식을 보며 혀를 찼다.

"쯧쯧, 차라리 무기를 들던지."

"왜? 이유라도 있어?"

여우희가 전풍에게 몸을 밀착시키며 물었다.

"무기를 들면 적당히 찢어지고 베인 상태로 끝나겠지만 무기 없이 싸운다는 건 말 그대로 주먹 대 주먹이라는 말이잖소. 두고 보쇼. 오뉴월 개 맞듯 맞을 테니까."

전풍은 곽종의 최후를 단언했다.

곽종의 몸이 부르르 떨렸다.

'절대로 그런 일은 없을 것이다!'

스스로 마음을 다잡은 곽종이 진유검을 향해 발을 내딛었다.

은은한 진동이 전해지는 묵직한 일보.

진유검의 눈빛이 반짝거렸다.

그 한 걸음만 보더라도 확실히 알 수 있었다.

의협진가의 그 누구도 곽종과 상대하여 승리를 장담할 수 없을 것이다.

곽종의 나이가 이제 겨우 이십 대 중반을 넘어섰다는 것을 감안하면 실로 대단한 일이었다.

"작은할아버지께선 상대의 명예를 지켜주고 존중해 주려거든 상대함에 있어 최선을 다하라 하셨지요."

진유검의 정중한 말에 전풍이 입을 씰룩거렸다.

"저게 제일 짜증나는 말이라니까요. 장난하는 것도 아니고. 어차피 인정사정없이 후려칠 거면서."

그렇잖아도 좋지 못했던 곽종의 표정이 일그러졌다.

'꼭 그렇게 하지는 않아도 되는데……'

전풍의 말이 비수처럼 날아와 가슴에 콱 박히는 듯한 느낌이었다.

그 불쾌한 감정을 빨리 지워 버리기 위해서인지, 아니면 자꾸만 위축되는 자신의 모습이 싫은 것인지 곽종이 힘찬 기합성과 함께 진유검을 향해 일권을 내질렀다.

주먹에 맺히는 푸르스름한 기운을 확인한 항정이 탄성을 내뱉었다.

"강기로군! 곽종이 벌써 저만한 수준에 이르렀던가?"

"일전에 비무를 한 적이 있는데 제 사부를 뛰어넘을 정도는 아니나 거의 근접했더군요. 제아무리 수호령주라 하여도 제압하려면 꽤나 고생할 겁니다."

문청공의 말에 항정이 씁쓸히 웃으며 되물었다.

"정말 그럴까?"

"예?"

"자네들 모두는 수호령주의 무공실력을 너무 낮게 보는 것 같군."

"낮게 보다니요? 수호령주가 선배님보다 강하다고 말씀하셨을 때 우리가 얼마나 놀랐는지 보셨잖습까? 그럼에도 인정을 했습니다."

문청공의 말에 다들 격하게 동의하는 모습들이었다.

"강하지. 한데 그냥 단순히 강한 정도가 아닐세."

"무슨 뜻입니까?"

임소한이 물었다.

"과신하는 것은 아니나 노부는 천하에 그 누구와 상대하더라도 쉽게 당하지는 않을 자신이 있었다네. 설사 그가 무황이라도 마찬가지."

당금 천하제일인이라는 무황이 거론 되었음에도 항정의 실력을 알고 있기에 누구도 토를 달지 못했다.

"이만큼 나이를 먹고 경험과 연륜이 쌓이다 보면 직접 손속을 겨루어보지 않아도 상대의 실력을 어느 정도는 가늠할 수 있게 된다네. 그런데 수호령주는 아니었네. 전혀 판단이 서질 않아. 그렇다면 이유는 하나뿐이겠지. 노부가 가늠할 수 있는 수준을 뛰어넘는 압도적인 실력을 지니고 있다는 것."

항정의 단언에 다들 믿기 힘들다는 표정을 하고 있을 때 귀를 쫑긋 세우고 듣던 전풍이 슬며시 끼어들었다.

"역시 어르신께선 제대로 판단하고 계시군요."

사람들의 시선이 자신에게 향하자 전풍이 은근한 언조로 말했다.

"못 믿으시겠다면 주군의 실력을 제대로 확인하기 위한 방법이 하나 있습니다."

"그게 무엇인가?"

조단이 물었다.

"지금처럼 한 사람씩 덤빌게 아니라 함께 합공을 해보시면 어떨까요? 그럼 확실하게 알게 될 겁니다. 주군이 얼마나 무서운 사람인지."

"장난하나? 우리 모두의 합공이라니!"

조단이 어이없다는 얼굴로 소리쳤다. 다른 이들도 불쾌한 표정이 역력했다.

천강십이좌 개개인의 무공은 이미 천의무봉(天衣無縫)을 바라보는 경지. 두 사람만 모여도 천하의 누구도와 밀리지 않을 자신이 있다고 여기는 그들로선 전풍의 말은 모욕이나 다름없는 것이다.

"어르신도 그렇게 생각합니까?"

전풍이 항정에게 물었다.

"글쎄. 확실히 우리를 무시하는 처사라 할 수 있겠지. 하나, 수호령주를 가장 가까이에서 지켜와 본 이가 하는 말이라 완전히 무시를 할 수도 없군. 그만한 자신감을 가지는 이유가 분명히 있을 테니 말이야."

"이유요? 당연히 있지요. 바로 저런 이유 때문입니다."

전풍이 진유검을 향해 맹렬히 달려드는 곽종을 가리키며 말했다.

곽종은 처음부터 최선을 다해 진유검을 공격했다.

날카로운 파공성이 천추정 주위를 요란하게 흔들었다.

내지른 주먹은 하나였지만 진유검의 각 요혈을 노리며 쇄도하는 주먹의 수는 모두 여덟, 주먹에 맺혔던 푸르스름했던 강기가 만들어낸 형상이었다.

진유검은 자신을 향해 짓쳐 드는 권강(拳罡)에도 아랑곳없이 발걸음을 내딛었다.

여우희와 유상의 입에서 짧은 신음이 흘러나왔다.

그들이 보기에 진유검의 행동은 자살행위나 마찬가지였다.

하지만 만근거석도 단숨에 박살을 낼 듯 맹렬한 기세로 날아가던 권강이 진유검의 몸에 도달하기가 무섭게 흔적도 없이 사라지거나 힘없이 튕겨져 나가고 있음을 깨닫고는 다들 경악을 금치 못했다.

"저토록 막강한 호신강기가 존재한단 말인가!"

얼마 전 직접 곽종과 상대를 했고 그가 발출한 권강을 막는

데 상당히 힘들어 했던 문청공이 놀라 부르짖었다.

어느 정도 수준에 오른 고수들이라면 호신강기를 일으키는 것은 문제도 아니었다.

하나, 곽종 정도의 고수가 혼신의 힘을 다해 발출한 권강을 그토록 간단히 무력화시키는 호신강기란 듣도 보도 못한 것이었다.

누구보다 놀라는 사람은 당연히 곽종이었다.

스스로의 무공에 상당한 자부심을 가지고 있던 곽종은 자신의 공세를 간단히 무력화시키며 서슴없이 다가서는 진유검의 모습에 두려움이 일었지만 물러서지 않고 연이어 주먹을 내질렀다.

무수한 권영(拳影)이 순식간에 그와 진유검 사이의 공간을 장악했다.

진짜는 오직 하나.

나머지는 그 진짜를 가리기 위한 그림자에 불과했다.

그 실초가 제대로 모습을 드러내는 순간, 집채만 한 바위도 가루로 만들어 버린다는 패철연쇄권의 진정한 위력이 드러날 것이다.

물론 곽종의 바람이고 기대일 뿐이다.

진유검의 몸에 접근하던 권영은 호신강기에 막힌 것인지 흔적도 없이 사라졌고 가볍게 저은 손짓에 의해 온 공간을 장악했던 권영마저 신기루처럼 사라졌다.

남은 것은 곽종의 혼이 담긴 단 하나의 주먹뿐.

극도로 당황하고 있는 곽종과는 달리 진유검은 별다른 표정 변화 없이 손을 뻗었다.

콰쾅!

엄청난 굉음과 함께 두 사람의 주먹이 정면으로 충돌했다.

두 사람을 중심으로 매서운 충격파가 뻗어 나갔다.

땅거죽이 뒤집히고 흙먼지가 하늘높이 치솟았으며 천추정의 한쪽 지붕이 그대로 주저앉았다.

주변을 잠시 어지럽혔던 흙먼지가 가라앉을 즈음 어느새 손을 거둔 진유검은 조금 떨어진 곳에서 곽종을 바라보고 있었다.

먼지 한 점 묻어 있지 않는 진유검과는 달리 한쪽 팔을 축 늘어뜨린 곽종의 모습은 형편없었다.

진유검의 주먹과 부딪쳤던 오른쪽 팔이 축 늘어진 것이 부러졌거나 최소한 탈구가 된 것이 확실했고 압력을 이기지 못한 의복은 갈가리 찢어져 나갔으며 코와 입에선 붉은 선혈이 흘러내렸다.

털썩!

힘겹게 버티고 섰던 곽종의 무릎이 힘없이 꺾이며 그 자리에서 쓰러졌다.

"곽종!"

유상이 깜짝 놀라 달려갔다.

뒤따르는 여우희의 얼굴엔 조금 전의 장난스런 표정은 어느새 사라지고 걱정이 가득했다.

"단 일수 만에……."

곽종과의 대결에서 거의 백여 초 만에 겨우 승기를 잡았던 문청공은 곽종이 단 일수 만에 나가떨어지자 상당한 충격을 받은 모습이었다.

문청공의 시선이 자신도 모르게 전풍을 향했다.

모두가 합공을 해봐야 진짜 실력을 알 수 있다는 전풍의 말이 사실일 수도 있다는 생각도 들었다.

곽종의 부상을 걱정하는 이들과는 달리 전풍은 불만 가득한 얼굴로 입을 열었다.

"손속에 너무 사정을 두는 것 아닙니까, 주군?"

전풍은 화난 기색이 역력한 유상 등의 시선에도 아랑곳없이 진유검을 향해 불만을 토로했다.

"한 방이라니요? 저를 상대할 땐 이러지 않았습니다. 두들기고 또 두들기지 않았습니까?"

비무 때마다 늘씬 두들겨 맞았던 기억을 떠올리자 괜스레 화가 치밀었다.

전풍의 힐끗 바라보며 어깨를 으쓱여 보인 진유검이 걱정스런 얼굴로 곽종을 살피고 있는 여우희와 유상을 바라보며 손짓했다.

"나와 함께 가고 싶다고 했습니까?"

"그, 그렇습니다."

유상이 바짝 긴장한 얼굴로 대답했다.

"천강십좌의 요구대로 실력을 조금이나마 보여주었습니다. 이제는 반대로 요구를 해보지요. 두 분의 무공을 보고 싶습니다. 단, 이번엔 쉽게 끝나지 않습니다. 저 녀석이 하도 성화를 해서요."

진유검이 전풍을 슬쩍 가리키며 말했다.

진유검의 양쪽 입꼬리가 하늘로 치켜 올라가는 것을 본 여우희와 유상의 안색이 파랗게 질렸다.

진유검은 묻는 것이다.

이래도 따라올 생각이 있느냐고.

15장

새로운 일행

"배가 침몰한다!"

선원의 외침에 갑판은 그야말로 난리가 났다.

배가 기우는 속도를 감안하면 아직 완전히 침몰할 때까지
는 다소 시간이 있었지만 침몰한다는 그 자체만으로 승객들
의 공포는 극에 이르렀다.

공포를 이기지 못하고 무작정 강물로 뛰어드는 사람도 있
었고 그 자리에 주저앉아 엉엉 울음을 터뜨리는 자들도 있었
다.

갑판 후미, 지금의 상황을 심각한 표정으로 지켜보는 네 사

람이 있었다.

사남일녀.

이틀 전, 천강도를 떠난 진유검과 그 일행이었다.

곽종을 한 방에 보내버린 진유검의 무시무시한 협박(?)에도 불구하고 여우희와 유상은 진유검과 비무를 피하지 않았다.

그 결과 사흘 간이나 꼬박 앓아누워야 했지만 결국 진유검의 여정에 합류를 할 수 있었다.

그러나 무황성으로 향하는 일행의 여정은 첫날부터 순탄치 않았으니 그들이 탄 배가 아무런 이유도 없이 연이어 침몰한 것이다.

"벌써 세 번째입니다, 령주."

곽종이 이를 부득 갈며 말했다.

처음과 두 번은 우연과 불행이 겹쳤다고 애써 이해를 해보겠지만 세 번째는 아니었다.

"누군가 우리를 노리는 것 같습니다."

유상이 주변을 차분히 둘러보며 말했다. 혹여 소란스러움을 틈탄 암습이 있을까 경계하는 것이다.

"멀쩡한 배가 우리가 탈 때마다 이 모양이 되는 걸 보면 형님 말이 맞는 것 같소. 배는 튼튼한 것 같은데."

곽종, 유상 등과 어느새 호형호제하는 사이로 변한 전풍이 바닥을 쿵쿵 구르며 말했다.

"저놈을 보니 확실히 그런 것 같다."

진유검이 어떻게든 배를 구하려고 애쓰는 선장과 동료 선원들과는 달리 뱃머리에 서서 여유 있게 팔짱을 끼고 자신들을 바라보는 선원을 가리키며 말했다.

적당한 키에 적당한 몸집, 구리빛 피부에 탄탄한 근육질.

어디서나 흔히 볼 수 있는 선원의 모습이었지만 진유검과 그의 일행들은 그가 보통 선원이 아님을 확실히 느낄 수 있었다.

"잡아보면 알겠지요."

전풍이 진유검의 대답도 기다리지 않고 몸을 날렸다.

전풍이 단 두 번의 도약으로 배의 후미에서 선원이 있는 곳에 도착을 하자 일행의 움직임을 살피고 있던 사내는 즉시 몸을 날려 강물로 뛰어내렸다.

그냥은 아니었다.

사내는 품에서 꺼낸 날카로운 비수 세 자루를 전풍이 착지를 하는 시점과 정확히 일치하여 던졌다.

"어디서 지랄을!"

가소롭다는 듯 욕설을 내뱉은 전풍이 허공에서 몸을 빙글 돌리며 빠른 속도로 날아오는 비수를 걷어찼다.

두 자루의 비수가 거의 물속으로 사라지던 선원의 몸에 그대로 적중했다.

치명상은 면했는지 잠시 퍼덕거리던 선원은 힘겹게나마 육지를 향해 움직이고 있었다.

"운이 좋은 놈이네."

전풍은 낚아챈 비수 한 자루를 손에서 놀리며 끝까지 쫓아가 숨통을 끊어버려야 하는 것은 아닌지 잠시 고민을 하다 천천히 몸을 돌렸다.

비수에 묶여 있는 서찰을 진유검에게 전하는 것이 먼저라는 생각 때문이었다.

"도망쳤습니다. 끝까지 쫓아갈까 하다가 이것 때문에 관뒀습니다."

"그게 뭔데?"

곽종이 유상의 어깨 위로 얼굴을 빼 들고 물었다.

"놈이 나한테 던진 비수요. 두 개는 놈에게 돌려줬고 마지막 비수에 서찰이 묶여 있어서 들고 왔수."

진유검이 전풍이 건네는 비수를 받아 들었다.

서찰에 쓰인 내용을 읽어내려 가던 진유검이 차갑게 웃었다.

"무슨 내용인가요, 령주?"

여우희가 전풍의 몸에 매달릴 듯 기대며 물었다.

"우리들의 예상이 맞았소. 초대장이구려."

진유검이 서찰을 건네자 여우희 등과 얼굴을 맞대고 서찰을 읽던 곽종의 입에서 욕설이 튀어나왔다.

"정말 개잡놈들이네. 이럴 거면 처음부터 초대장을 보내든지. 왜 멀쩡한 배를 침몰시켜서 애꿎은 사람들만 피해를 보게 해."

앞서 두 번의 배가 침몰하는 과정에서 상당히 많은 이가 피해를 당했다.

물적 피해도 컸지만 인명 피해도 컸는데 특히 두 번째 배가 침몰하는 과정에선 누구보다 승객들을 위해야 하는 선장 놈이 가장 먼저 내빼는 어이없는 일이 벌어지기까지 했다.

그나마 진유검 일행과 다른 선원들이 필사적으로 노력한 덕에 최소한의 피해로 막을 수 있었지만 선장이 제정신이 박힌 위인이었다면 그만큼의 피해도 입지 않았을 터였다.

"그래도 이 배의 선장은 꽤 괜찮아 보인다."

유상이 분주히 갑판을 뛰어다니며 선원들을 지휘하고 승객들을 안심시키는 늙은 선장의 모습을 가리키며 말했다.

"암, 저래야 선장이지."

곽종이 크게 고개를 끄덕였다.

그의 뇌리에 승객을 버리고 도망쳤다가 분기탱천하여 쫓아간 전풍에게 사지가 부러진 쓰레기 같은 선장의 모습이 잠시 떠올랐다.

"어찌하실 생각입니까?"

유상이 서찰을 접으며 물었다.

"어찌하긴. 초대를 했으면 당연히 응해야지. 게다가 이렇게 성대히 초대를 받았는데 말이야."

진유검이 붉은 피를 흘리면서 육지를 향해 헤엄을 치는 선원의 뒷모습을 물끄러미 바라보다 말했다.

"그래도 일단은 눈앞의 일을 해결하는 것이 우선이겠지. 자, 멍청하게 서 있지 말고 선장을 돕도록 해."

진유검의 말이 끝나기가 무섭게 선장에게 달려간 일행은 배가 침몰하는 것을 막을 수 없다는 말에 우선적으로 돛대를 부러뜨려 강물에 띄웠다.

그리곤 닥치는 대로 배를 부수기 시작했는데 자잘한 조각을 내는 것이 아니라 한두 사람이 매달려도 능히 버틸 수 있는 그런 부목(浮木)을 만드는 것이다.

이리 뛰고 저리 뛰며 사람들을 구하느라 정신없는 이들을 보며 진유검은 가만히 생각에 잠겼다.

"어딘지 궁금하군. 신도세가? 아니면 이화검문? 하지만 실수했어. 이런 식은 아니지."

진유검의 눈빛이 싸늘하게 빛나기 시작했다.

"저곳이 놈들이 초대한 장소입니다."

유상이 갈대로 뒤덮인 모래톱(강가나 바닷가에 있는 넓은 모래벌판)을 가리키며 말했다.

"뭐가 이리 빽빽해?"

곽종이 사방 백여 장을 꽉 채운 갈대밭을 보며 질린 듯한 표정을 지었다.

"그래도 흩날리는 갈대의 모습이 풍취는 있네. 냄새나는 쥐새끼들이 꼬여 있어서 그렇지."

여우희가 갈대 사이로 언뜻 보이는 옷가지를 보며 비웃음을 흘렸다.

"몇 놈이나 있는지 살펴보고 올까요?"

곧 있을 전투에 흥분한 것인지 전풍이 잔뜩 상기된 얼굴로 물었다.

"그러든지."

이미 적이 내뿜는 기운을 통해 주변 상황을 완벽하게 파악하고 있는 진유검이었지만 전풍의 행동을 굳이 말리지는 않았다.

오히려 곽종과 유상이 걱정스런 얼굴로 그의 팔을 잡았다.

"너무 위험해."

"놈들은 이미 만반의 준비를 하고 있어. 굳이 무리를 할 필요는 없잖아."

"걱정들도 팔자슈. 그냥 보고만 있어요. 다녀올 테니까."

두 사람의 걱정을 가볍게 일축한 전풍이 갈대밭을 향해 몸을 날렸다.

한 걸음. 두 걸음.

평범하기 짝이 없는 전풍의 몸놀림을 보며 뭔가를 기대했던 곽종과 유상의 얼굴이 굳어졌다.

"뭐가 그리 걱정일까? 령주께서 허락하셨다면 그만한 이유가 있을 것을."

여우희가 허리에 감겨 있던 연검을 풀어내며 말했다.

손이 움직이는 대로 낭창낭창 흔들리는 연검은 풀잎 하나 벨 힘이 없는 것처럼 보였지만 주인과 하나가 되어 춤을 추기 시작하면 천하의 그 어떤 명검보다 뛰어난 위력을 발휘하는 무서운 무기였다.

태평스런 여우희의 반응에 못 말린다는 얼굴로 한숨을 내쉰 곽종과 유상이 시선을 돌렸을 때 전풍의 신형이 막 갈대밭에 진입하고 있었다.

"별일 없어야 할 텐……."

곽종의 말이 갑자기 끊겼다.

유상도 혹여 자신이 잘못 본 것은 아닌가 손등으로 눈을 비볐다.

"갑… 자기 사라진 것 맞지?"

곽종이 물었다.

"네 눈에도 그렇게 보였냐? 그렇다면 내가 잘못 본 게 아니네."

두 사람이 놀라는 사이 전풍이 뛰어든 갈대밭에선 그야말로 난리가 났다.

온갖 외침과 욕설, 비명 소리가 난무하며 갈대밭 전체가 요란하게 흔들렸다.

제법 시간이 흘렀음에도 소란이 가라앉지 않자 진유검에게 고개를 돌린 곽종이 심각한 표정으로 물었다.

"지원을 가야 하지 않을까요?"

"지원? 무슨 지원 말이우?"

뒤쪽에서 들려오는 음성에 곽종의 몸이 그대로 굳었다.

경악에 가득 찬 얼굴로 천천히 고개 돌리는 곽종 앞에 언제 도착했는지 전풍이 옷과 머리에 붙은 갈댓잎을 툭툭 털어내고 있었다.

"어, 언제?"

곽종의 시선이 전풍에게 향했다가 아직도 벌어진 입을 다물지 못하고 있는 유상과 여우희에게 향했다.

"대체 무슨 일이 벌어진 거야?"

"말해도 믿지 못할 거다. 우리는 눈으로 보고도 믿지 못하고 있으니까."

유상이 마치 괴물이라도 보는 듯 위아래로 전풍을 훑었다.

"역시 령주께서 태연하신 이유가 있다니까."

늘 여유 만만하던 여우희도 놀란 가슴을 진정시키기 위해 몇 번이나 심호흡을 해야 했다.

"빨리 말해봐. 대체 무슨 일이 벌어진 거냐니까."

곽종의 채근에 유상이 허탈한 음성으로 되물었다.

"천강십이좌에서 누가 제일 빨랐지?"

"빨라? 빠르다고 하면 단맥이 된 사좌 어르신 아니었나? 어렸을 때 딱 한 번 봤지만 만리섬풍 조사님의 진전을 이으신 분답게 정말 번개처럼 빠르셨지."

곽종이 기억을 더듬으며 말했다.

유상이 손가락 세 개를 폈다.

"거기에 정확히 세 배 정도하면 되겠다."

"뭔 소리야?"

"그만큼 빠르다고. 저 인간."

유상이 전풍을 가리키며 말했다.

"마, 말도 안 돼!"

"갈대밭에서 나왔다고 생각하는 순간, 이미 여기에 도착해 있었어. 이건 정말 인간의 속도가 아니다."

방금 전의 일을 떠올린 유상의 팔뚝에 다시금 소름이 돋아났다.

"갈대밭 전체에 적이 쫙 깔려 있습니다. 숫자는 대략 백오십 정도 되는데 만만치 않은 영감들도 꽤 되는 것 같습니다."

전풍은 방심을 하다 그 영감 중 한 명이 휘두른 검에 옷깃이 살짝 잘렸다는 것을 슬며시 감췄다.

"만만치 않은 영감?"

곽종이 의문을 표했다.

"거의 열댓 명은 되어 보이는데 분위기가 장난이 아니우. 개개인의 수준이 의협진가의 곽 장로 정도는 되는 것 같소."

좌중의 분위기가 갑자기 심각해졌다.

곽정산은 의협진가에서도 알아주는 고수였다. 한데 그런 고수들이 열댓 명이 모여 있다는 것은 제아무리 천강십이좌라 해도 큰 부담이 아닐 수 없었다.

"밑에 있는 놈들도 훈련이 잘된 것 같습니다. 일전에 우리가 때려잡은 혈수단인가 뭔가 하는 놈들보다 살기는 부족한 것 같은데 기세는 오히려 더 뛰어나 보였습니다."

전풍의 말에 진유검이 피식 웃었다.

"그래? 확인해 보면 알겠지."

진유검이 검을 꺼내 들자 곧 공격 명령이 떨어질 것이라 예상한 유상과 곽종이 심호흡을 하며 마음을 가다듬고 여우희는 이미 꺼낸 연검을 살랑살랑 흔들며 갈대밭을 노려보았다.

한데 기다렸던 공격 명령은 떨어지지 않았다.

진유검은 움직이지 않고 제자리에서 갈대밭을 향해 검을

휘둘렀다.

뒤쪽에 있던 이들의 머리카락이 바람에 살짝 흩날렸다.

미풍은 곧 광풍이 되어 갈대밭을 향해 나아갔다.

파스스스슷!

날카로운 파공성과 함께 갈대들이 잘려 나가기 시작했다.

갈대만 잘려 나간 것이 아니었다.

갈대밭에 은신하고 있던 자들까지 그대로 잘려 나갔다.

조금 전, 전풍이 갈대밭에 난입했을 때처럼 온갖 고함과 욕설, 비명이 난무했다.

그러나 그 느낌은 전혀 달랐다.

전자가 사냥꾼이 사냥감을 쫓을 때 나는 소리라면 후자는 공포에 짓눌린, 살기 위해 발버둥치는 비명과 같았다.

"저, 저!"

금방이라도 달려나갈 자세를 취하고 있던 곽종과 유상은 눈앞에 펼쳐지는 광경에 넋을 잃었다.

그토록 무성했던 갈대밭의 삼분지 일 정도가 순식간에 사라져 버렸다.

한쪽 방향으로 얌전히 쓰러진 갈대 사이사이에 진유검이 날린 검기에 적중당한 적들이 무참히 쓰러져 있었는데 그 숫자만 대충 헤아려도 이십이 넘었다.

그런 식의 공격을 전혀 예측하지 못한 듯 거의 무방비로 당한 모습이었고 후미에 있던 자들 중에서도 상당한 인원이 부상을 당한 것 같았다.

여우희와 곽종, 유상은 새삼스럽다는 눈길로 진유검을 바라보았다.

천강도에서 비무 아닌 비무를 하면서 뼈저리게 느끼긴 했으나 겪으면 겪을수록 놀라운 인물이란 생각이 들었다.

"아직도 나올 생각이 없는 모양이지?"

속삭이듯 한 말이었지만 묘한 울림이 있어 옆에 있는 사람들은 물론이고 저 멀리 갈대밭 너머에 있는 자들까지 진유검의 음성을 똑똑히 들을 수 있었다.

잠시 후, 갈대를 헤치며 일단의 무리가 모습을 보였다.

전풍의 예측대로 그 숫자가 이미 목숨을 잃은 자들을 포함하여 백오십을 헤아렸다.

"네놈이 진유검이냐?"

무리의 맨 앞, 가주 신도장으로부터 진유검의 목숨을 거두라는 명과 함께 전권을 위임받은 신도호가 금방이라도 폭발할 듯한 살기를 애써 억누르며 물었다.

"그렇게 말하는 그대는 누구요?"

"닥쳐랏! 감히 뉘 앞에서 입을 함부로 놀리느냐!"

신도호 곁에 있던 노인이 버럭 소리를 질렀다.

"지랄! 목숨 달라고 온 놈한테 뭐 잘 보일 일이 있다고 헛소리야, 헛소리가!"

노인은 전풍의 이죽거림에 참을 생각이 없었다.

"그 입을 찢어주지."

하나, 찐득한 살기를 내뿜으며 걸음을 내딛던 노인은 신도
호의 손짓에 걸음을 멈출 수밖에 없었다.

노인은 얼굴 가득 비웃음을 흘리고 있는 전풍을 잡아 죽일
듯 노려보며 공격 명령만을 간절히 기다렸다.

"다시 묻지. 네가 진유검이냐?"

신도호의 물음에 진유검이 품에 지니고 있던 서찰을 꺼내
흔들며 말했다.

"초대장까지 보냈으면서 굳이 물을 건 없잖소?"

"그렇긴 하군."

"처음부터 우리를 불렀으면 될 것을 뭣 때문에 그런 쓸데
없는 짓을 한 것이오?"

"딱 보면 모르나? 멀쩡한 배가 침몰했으면 눈치를 채고 알
아서 내렸어야지. 그 짓을 두 번이나 더 하게 만드는 멍청함
이라니."

신도호가 코웃음을 치자 살짝 좁혀지는 진유검의 눈빛이
차가워졌다. 입에서 흘러나오는 음성 또한 더없이 냉랭했다.

"세 번의 침몰로 목숨을 잃은 사람이 사십이 넘는다. 한데
당신에겐 장난처럼 느껴지는 모양이지?"

"장난이라 생각하진 않는다. 그저 운이 없었을 뿐."

"운이라⋯⋯."

진유검의 입가에 차디찬 미소가 피어오르자 전풍은 진유검이 극도로 화가 났음을 직감하곤 곽종과 유상 등에게 곧 싸움이 시작되리라는 것을 눈짓으로 알렸다.

"신도세가로군."

진유검의 말에 다소 뜻밖이라는 표정을 지었지만 신도호는 굳이 부인을 하거나 변명을 할 생각은 없었다. 오히려 당당하게 자신의 정체를 밝혔다.

"혈수단주가 내 동생이다."

"훗, 이제 보니 닮은 것 같기도 하군."

진유검의 한쪽 입꼬리가 살짝 올라갔다.

"하면 어째서 네가 죽어야 하는지 그 이유를 알 수 있겠지?"

가만히 신도호를 바라보던 진유검이 웃음을 터뜨렸다.

"확실히 닮았어. 얼굴만 닮은 게 아니라 말을 하는 자세나 표정까지. 그리고 자신들이 저지른 일은 전혀 생각하지 않고 제 놈들이 당한 피해만 따지고 드는 쓰레기 같은 마음까지도."

진유검의 몸에서 좌중을 압도하는 기운이 서서히 뿜어져 나오기 시작했다.

"그래도 무황성의 한 축을 담당하는 기둥이라 하여 적당히 사정을 봐주려고 했지만 그럴 필요가 전혀 없다는 것을 다시금 깨닫게 해주는군."

진유검이 검을 들자 신도호는 어느새 뒤로 빠지고 전풍이 경고를 했던 노인들이 그를 에워싸기 시작했다.

"오늘 일, 신도세가에 책임을 묻도록 하겠다."

"그럴 기회가 있을까?"

신도호가 싸늘한 조소와 함께 손을 올렸다. 그것을 신호로 진유검을 포위하고 있던 노인들이 곧바로 공격을 시작했다. 동시에 거대한 포위망을 구축하고 있던 신도세가의 정예들, 불을 내뿜는 용을 상징으로 삼고 있는 화룡대(火龍隊)의 공격이 쏟아졌다.

진유검과 일행은 그들의 공격을 피해 사방으로 흩어졌다.

여우희를 쫓아 화룡일조와 이조가, 곽종을 쫓아 삼조와 사조가, 유상을 쫓아 오조와 육조가, 전풍을 쫓아 칠조와 팔조가 움직였다.

여우희와 곽종에 비해 유상과 전풍을 쫓는 이들의 수가 상대적으로 적었는데 이는 그들 조가 앞선 진유검의 공격에 피해를 당했기 때문이었다.

갈대밭 좌측으로 빠진 여우희가 몸을 빙글 돌렸다.

"재밌네. 얼마 만에 피를 보는 것인지 모르겠어."

삼십 명이 넘는 인원이 포위를 하고 있음에도 여우희의 얼굴엔 조금의 두려움도 없었다.

오히려 축축이 젖은 혓바닥으로 입술을 핥는 것이 마치 먹잇감을 눈앞에 둔 암거미를 보는 것 같았다.

"뭘 해? 어서 오지 않고. 겁나면 이 누님이 갈까?"

여우희가 요염하게 몸을 비틀며 물었다.

"닥쳐랏! 계집 따위가 감히!"

화룡대의 대주이자 화룡일조를 지휘하고 있는 목단경이 붉어진 얼굴로 소리를 쳤다.

말이 끝나기도 전, 목덜미를 훑어오는 뭔가가 있었다.

본능적으로 고개를 트는 목단경.

화악!

핏줄기가 그의 얼굴에, 허공에 뿌려졌다.

간발의 차이로 목숨을 구한 목단경이 날카롭게 갈라진 볼살을 잡으며 황당한 표정으로 여우희를 바라보았다.

여우희가 연검에 묻은 핏방울을 혈로 살짝 핥으며 웃었다.

"이걸 어쩌지? 피가 신선하지 않는 것을 보니 갈 때가 된 것 같아. 아, 그리고."

여우희의 입가에 걸린 웃음이 더욱 진해졌다.

"세간에 알려지지 않아서 그렇지 본녀에게 계집이란 말을 쓴 놈 중에 숨통이 붙어 있는 자는 없었어. 너도 마찬가지."

여우희의 신형이 흐릿해지는가 싶더니 순식간에 목단경의 코앞까지 접근했다.

그야말로 일촉즉발의 위기.

하지만 신도세가에서 최정예라 불리는 화룡대를 장악하고 있는 목단경도 만만치는 않았다.

방금 전에야 방심으로 일격을 허용했지만 쉽사리 당할 자는 아니었다.

뒤쪽으로 몸을 튕겨 허공에서 세 번이나 자세를 바꾸며 공격을 회피한 후, 계속해서 쫓아오는 여우희를 향해 검을 뻗었다.

여우희와 목단경의 검이 허공에서 부딪쳤다.

소리는 나지 않았다.

곧게 퍼졌던 연검이 목단경의 검과 부딪치는 순간, 칡넝쿨처럼 목단경의 검신을 휘감아 버렸다.

당황한 목단경이 검의 방향을 바꿔보려 했지만 연검에 사로잡힌 검은 움직이지 않았다.

놀라운 것은 그가 전력을 다해 검을 움직였음에도 미동도 하지 않는다는 것인데 이는 여우희의 내력이 목단경의 내력을 압도한다는 것을 간접적으로 증명하는 것이었다.

목단경의 위기를 보다 못한 수하들이 사방에서 여우희를 공격해 왔다.

개개인의 실력이 일류에 이르는 화룡대원들의 공격은 그 냥 무시를 해버릴 만큼 녹록치 않았으나 나비가 춤을 추듯 사 뿐사뿐 발걸음을 놀리며 공격을 피하기도 하고 더러는 소맷 단으로 쳐내는 여우희의 얼굴에선 조금도 힘겨워하는 기색이 없었다.

"크윽!"

외마디 비명과 함께 더 이상 검을 들고 있을 수 없었던 목 단경이 검을 놓으며 뒤로 물러났다.

무인으로서 적에게 검을 빼앗겼다는 것은 생명을 잃은 것 만큼이나 더 끔찍한 일. 거칠게 숨을 몰아쉬는 목단경의 얼굴 이 수치심으로 붉게 물들어 있었다.

"호호호! 꽁무니 빼는 솜씨가 제법이네. 그런다고 달라지 는 것은 없는데. 잠깐만 기다려 줘. 귀찮은 파리 떼 좀 처리하 고 갈게."

마치 연인에게 속삭이듯 말을 한 여우희가 연검을 채찍처 럼 휘두르자 연검에게 묶였던 목단경의 검이 화살처럼 날아 가 그녀를 공격하던 한 대원의 가슴에 그대로 박혔다.

그것이 시작이었다.

진하디 진한 피비린내에 취한 여우희가 본격적으로 움직 이기 시작했다.

이름하여 호접살무(胡蝶殺舞).

여자의 몸으로 유일하게 천강십이좌에 속한 홍안마녀(紅眼魔女) 채선당의 독문무공.

대부분이 은둔자의 삶을 살았던 것과는 달리 채선당은 세외사패가 물러난 다음에도 여전히 무림에서 활동을 했고 그 후예들 또한 천강십이좌라는 신분을 감춘 채 무림에서 나름 악명(惡名)을 높여왔다.

비록 선대의 사람들과는 달리 본격적인 활동을 하지 않아서 그렇지 호접살무를 극성으로 익힌 여우희는 아군에겐 더없이 든든한 조력자지만 적에겐 역대 그 어떤 전승자보다 악명을 떨칠 준비가 된 여인이었다.

연검에 잘려 하늘로 치솟은 화룡대원의 머리를 낚아채 집어던지며 환히 웃는 그녀의 모습이 이를 제대로 증명하고 있었다.

"크윽! 영감 제법이네."

전풍의 입에서 나직한 비명이 흘러나왔다. 그런 전풍의 가슴 어귀에서 붉은 피가 흘러내렸다.

"쉽게 죽이지는 않는다고 했다."

전풍의 가슴에 가볍지 않은 상처를 만든 노인은 조금 전, 신도호의 옆에서 전풍과 설전을 벌인 부염이었다.

천무진천 신도충의 노복으로 어릴 적부터 평생을 그의 곁에서 보낸 부염의 무공은 천무진천의 영향 때문인지 몰라도 신도세가의 장로, 호법들과도 어깨를 나란히 할 정도로 고강했다.

전풍이 비록 뛰어난 무공을 지니고 있다고는 해도 부염에 비할 바는 아니었다.

주변을 포위하고 있는 화룡대원 십여 명이야 능히 상대를 할 수 있지만 부염은 그 화룡대 모두를 합친 것보다 강했다.

'제길, 지독한 영감한테 걸렸네.'

전풍이 힐끗 고개를 돌렸다.

여우희와 곽종, 유상은 그야말로 물 만난 고기처럼 포위망을 헤집고 다니며 화룡대를 마음껏 농락하고 있었다.

특히 우아한 몸짓으로 치명적인 살수를 뿌리고 있는 여우희는 그녀를 포위하고 있는 화룡대를 말 그대로 도륙하는 중이었다.

상대적으로 자신만 고전을 한다는 생각이 들자 자존심이 상했다.

"이제 포기한 것이냐? 하면 얌전히 목을 내놓아라. 하면 노부가 조금은 아량을 베풀어주마."

부염의 비아냥에 전풍의 얼굴이 제대로 일그러졌다.

"영감, 그 말 후회하게 될 거다."

부염으로부터 몸을 빙글 돌린 전풍이 반대편을 향해 냅다 달리기 시작했다.

설마하니 전풍이 등을 보일 줄은 생각하지 못했다는 듯 잠시 멍한 표정을 짓던 부염이 한껏 비웃음을 흘렸다.

"허허허! 제 주인도 버리고 도망치는 놈이라니! 이거야 원. 참으로 근본 없는 놈이 아닌가!"

전풍과 손속을 나누었다는 것 자체가 수치라는 듯 침을 뱉은 부염이 포위망을 갖추고 있던 이들에게 확실히 처리하라는 눈짓을 했다.

필사적으로 도주하는 전풍과 그를 쫓는 화룡대.

쫓고 쫓기는 상황을 한심하다는 듯 지켜보던 부염이 혀를 차며 고개를 돌렸다.

바로 그때였다.

섬뜩한 기운이 부염의 오감을 자극했고 그의 시선이 그 기운을 찾아 움직였다.

퍽! 퍽! 퍽!

둔탁한 충돌음과 함께 전풍을 뒤쫓던 화룡대원들이 힘없이 나가떨어지기 시작했다.

딱히 무기에 당한 것 같지도 않았지만 피분수를 뿜어내며 쓰러진 대원들은 다시는 일어나지 못했다.

"저, 저!"

부염의 입이 쩍 벌어졌다.

화룡대원들을 휩쓸고 있는 것은 말 그대로 바람이었다.

하지만 형태도, 물리적 힘도 제대로 갖추지 못한 미풍이 아니라 너무도 치명적인 힘을 내포한 광풍이었다.

바람이 지나는 곳에 버티고 있는 자는 아무도 없었다.

공격을 하려고 해도 소용이 없었다.

그들이 어떤 동작을 취하기도 전에 광풍에 휩쓸려 나가떨어졌다.

촌각도 되지 않아 포위망을 구축하고 있던 화룡대원들을 완전히 잡아먹은 광풍이 부염을 향해 움직였다.

움직였다고 느낀 순간, 이미 지척에 이르렀고 당황한 부염이 바람을 향해 검을 뻗으려는 찰나, 안면에 극통을 느끼곤 몸을 비틀거렸다.

부러진 이빨과 허공을 가르는 피 분수.

한쪽 얼굴이 완전히 함몰된 부염은 고통도 느낄 사이 없이 다음 공격을 대비하기 위해 검을 곧추세웠다.

눈 깜짝할 사이에 이십여 장 밖으로 물러났던 바람이 다시 선회를 하며 짓쳐 들었다.

"이노옴!"

분기탱천한 부염이 바람으로 화한 전풍을 향해 혼신을 다한 일격을 날렸다.

이번에도 바람이 빨랐다.

부염의 검이 미처 바람을 가르기도 전, 그의 몸이 허공으로 붕 떴다.

　쿵.

　둔탁한 충돌음과 함께 땅에 떨어진 부염의 얼굴은 형체를 알아보기 힘들 만큼 뭉개져 있었다.

　어느새 부염의 앞에 선 전풍이 가쁜 숨을 몰아쉬며 말했다.

　"말했지, 영감. 분명 후회하게 될 거라고."

　부상 때문에 안색이 조금은 창백해 보였지만 일행 중 가장 먼저 싸움을 끝냈다는 자부심 때문인지 표정만큼은 밝아 보였다.

　"마, 말도 안 돼!"

　신도호는 비명도 지르지 못하고 쓰러지는 부염의 모습에 비명과도 같은 신음을 내뱉으며 두 주먹을 꽉 움켜쥐었다.

　스스로 천무진천의 노복을 자처했지만 신도세가의 그 누구도 부염을 노복으로 대하지 않았다.

　평생 동안 천무진천의 곁을 지킨 그에게 언제나 예를 다했으며 존중했다.

　신도호는 다른 누구보다 부염을 더 특별하게 생각했는데 어린 시절, 무의 완성을 보기 위해 툭하면 폐관수련을 하는 부친보다는 부염과 지낸 시간이 훨씬 길었고 애틋했기 때문이었다.

그런 부염이 쓰러졌다.

목숨을 잃은 것인지 정확하게 판단을 할 수는 없지만 저토록 힘없이 쓰러진 것을 감안했을 때 최소한 중상은 면치 못했을 것이 분명했다.

당장 달려가 부염의 상세를 살펴야 했으나 상황이 몹시 좋지 않았다.

화룡대는 신도세가에서 최강으로 꼽히는 묵룡대(墨龍隊)에 이어 두 번째로 강력한 전투단이었다.

묵룡대가 오직 가주의 명에 따라 움직이는 신도세가 최후의 보루라고 가정했을 때 대외적으로 가장 잘 알려진 것은 화룡대였고 지금껏 명성만큼이나 혁혁한 공을 세워왔다.

그런 화룡대가 속절없이 무너지고 있었다.

기습 공격을 당한 것도 아니고 수적으로 열세에 있는 것도 아니었다.

적은 고작 다섯 명에 불과했고 그나마 상대하는 인원은 네 명뿐이었다.

말 그대로 압살을 할 수 있는 전력임에도 결과는 정반대의 상황으로 흐르고 있었다.

이미 전풍을 상대하던 화룡대원들은 부염과 함께 사실상 궤멸을 당했다.

화룡대원들과 한데 뒤엉켜 난투를 벌이는 곽종은 패철연

쇄권을 연이어 작렬시키며 순식간에 절반이 넘는 인원을 피떡으로 만들어 버렸다.

표표히 옷자락을 흩날리며 검을 휘두르는 유상은 말 그대로 일격필살. 한 번의 움직임으로 노렸던 목표를 완벽하게 격살하며 상대의 접근을 아예 용인하지 않았는데 적의 피를 흠뻑 뒤집어쓴 곽종과는 달리 그의 옷에는 피 한 방울이 튀지 않았다.

그러나 동료들의 희생을 바탕으로 치열하게 공격을 이어간 화룡대원들은 곽종과 유상을 압박하는데 나름 성공을 했는데 화룡사조 조장은 자신의 목숨을 희생시키며 곽종의 옆구리에 만만치 않은 부상을 입히는 성과를 거뒀다.

유상도 초반의 날렵했던 움직임이 조금씩은 늦춰지는가 싶더니 잔부상이 하나둘 생겨나기 시작했다.

하지만 여우희는 전혀 달랐다.

그녀는 처음부터 끝까지 압도적으로 적들을 몰아쳤고 반격의 실마리 자체를 주지 않았다.

최선을 다해 버텼던 목단경이 그녀가 휘두른 연검에 결국 치명타를 입고 쓰러지면서 상황은 더욱 악화됐다.

화룡이조 조장이 수하들을 이끌며 어떻게든 전세를 뒤집어 보려고 했지만 그녀의 매서운 손속은 그들의 시도를 모조리 무위로 돌려 버렸다.

남은 것은 일방적인 학살뿐이었다.

"저 연놈들은 대체 어디서 튀어나온 놈들이란 말이냐!"

신도호가 이를 부득 갈았다.

아무래도 좋았다.

아무리 미쳐 날뛰어도 계집은 계집이고 다른 놈들도 상대하지 못할 정도는 아니었다.

문제는 진유검이었다.

화우검과 이화검문의 오련신검이 진유검의 일초식도 제대로 받아내지 못했다는 소문이 사실임을 확인한 천무진천은 진유검을 상대함에 있어 전력을 다하라는 당부를 했다.

그 결과 함께 움직인 신도세가의 장로, 호법들이 모조리 합공을 하는 초유의 상황이 벌어졌다.

사실 처음부터 그럴 의도는 없었다.

신도호는 제아무리 진유검이 뛰어난 고수라 해도 서너 명의 합공이면 능히 상대할 수 있다고 여겼고 함께한 장로, 호법들 또한 같은 생각이었다.

그런데 막상 싸움이 시작되자 자신들이 얼마나 어리석은 생각을 했는지 뼈저리게 느낄 수 있었다.

처음 합공을 시작한 이들은 진유검의 공격에 삼 초를 버티지 못하고 모조리 목숨을 잃었다. 물론 어느 정도 방심한 결과라고는 해도 실로 충격적인 일이 아닐 수 없었다.

간신히 정신을 수습한 장로, 호법들은 서로의 눈치를 보며 일제히 진유검을 공격하기 시작했다.

열 명이 넘는 노고수의 합공에도 진유검은 여유를 잃지 않았다.

수비적인 위치를 고수하며 별다른 반격에 나서지 않음에도 그의 옷깃 하나를 건드릴 수가 없었고 가끔씩 시도하는 역공에는 오히려 꼼짝없이 당하고 있으니 실로 복장이 터질 일이었다.

무황성의 네 기둥 중 하나이자 최고의 성세를 구가하고 있는 신도세가의 장로, 호법이라 함은 어떤 곳에 가서라도 꿀리지 않을 정도로 막강한 실력을 지닌 고수들이라는 것을 의미한다.

그런 고수들의 합공이었다.

그것도 하나둘도 아닌 무려 열 명이 넘는 합공.

그 정도의 합공이라면 무황이, 아니, 천하의 그 누구라도 감당하지 못하는 것이 당연한 것이거늘 진유검은 버티고 있었다.

단순히 버티는 것이 아니라 가끔 행해진 역습으로 모두에게 상당한 부상을 입히고 있는 것이다.

"실수했다. 이화검문이 문제가 아니었어."

신도호는 이화검문이 접근하고 있다는 소식을 접하고 그

들을 경계하기 위해 우회시킨 만인당(滿忍堂)과 부당주 이수백(李秀百)으로 떠올리며 탄식했다.

객관적으로 화룡대보다 전력이 약했고 그 수가 적다고는 해도 하나의 병력이 아쉬운 지금 큰 도움이 될 수도 있을 터였다.

"아니지. 어쩌면 제대로 된 선택일 수도."

신도호가 씁쓸히 고개를 흔들었다.

화룡대가 도륙을 당하는 상황이라면 만인당 역시 별 도움은 되지 않을 것이고 자칫하면 지금껏 애써 키워온 직계 수하들을 모조리 잃을 수도 있었다.

"상황이 너무 좋지 않습니다, 당주님."

이수백을 대신해 신도호를 보좌하고 있는 궁철이 전황을 냉정히 살피며 말했다.

"나도 알아."

"어르신들이 뚫리면 답이 없습니다."

"……."

"차라리 퇴각을 하시는 것이 어떻겠습니까?"

궁철이 조심스레 말했다. 순간, 신도호의 눈에서 한광이 뿜어져 나왔다.

"퇴각? 지금 이 상황을 보고 퇴각이란 말이 나온단 말이냐? 화룡대다. 화룡대를 전멸시키고 나보고 어디를 가란 말이냐?"

"만인당의 병력이 있습니다. 그들과 함께 기회를 엿보심이……."

궁철이 말끝을 흐리자 신도호가 허탈한 음성으로 말했다.

"말이 되지 않는다는 것은 네놈이 더 잘 알고 있구나. 화룡대도 감당하지 못한 놈들을 어찌 만인당이 상대할 수 있을까. 괜스레 피해만 늘릴 뿐이야."

"하지만 이대로 가다간……."

궁철은 차마 개죽음이라는 말까지 할 수는 없었다. 그러나 신도호는 그가 하고자 하는 말을 정확히 알고 있었다.

"할 수 없어. 가주께서 내게 화룡대와 함께 세가의 노고수들을 내어주셨다. 얼마든지 지원을 해준다고 하셨음에도 화룡대와 만인당이면 충분하다고 말한 것도 나였고. 빌어먹을! 이럴 줄 알았으면 더 많은 병력을 이끌고 왔어야 했는데."

"진유검과 수하 놈만이 아니라 다른 일행이 있다는 것을 몰랐을 때의 결정이었습니다. 만약 화룡대가 저 연놈들을 상대하는 것이 아니라 진유검에게 전력을 다했다면 충분히 잡을 수 있었을 것입니다."

궁철이 여우희 등을 가리키며 말했다.

신도호가 고개를 저었다.

"뒤늦게 파악한 것 또한 우리의 실책이다. 놈들에게 새로운 일행이 붙었다는 것을 확인했을 때 확실하게 정체를 파악했어야 해. 하면 보다 철저하게 준비를 했을 것이고 이런 어이없는 결과는 없었겠지. 변명의 여지가 없어. 그러나!"

신도호의 눈에서 불꽃이 활활 타올랐다.

"어차피 저놈만 잡으면 끝나는 싸움이다."

"당주님!"

검을 고쳐 잡은 신도호는 궁철이 미처 말릴 사이도 없이 진유검을 향해 내달렸다.

방금 전, 가벼운(?) 반격으로 장로 한 명을 무장 해제시킨 진유검은 정확히 아홉 명의 노인에게 공격을 받고 있었다.

지척에 이른 신도호는 크게 도약을 하며 진유검의 머리 위로 뛰어오르더니 진유검을 향해 검을 내리그었다.

어찌 보면 허점투성이의 단순한 공격일지 몰랐지만 단순한 공격일수록 피하기 힘들고 위력적인 경우가 많았다.

지금이 그랬다.

진유검은 목숨을 도외시한 채 오직 단 한 번의 공격에 모든 것을 건 신도호를 보며 싸움이 시작된 이후, 처음으로 진지한 표정을 지었다.

왼발을 축으로 크게 몸을 회전시키며 검을 움직였다.

그의 움직임에 의해 왼쪽 측면과 배후에서 들어오던 공격이 단숨에 무위로 돌아갔다.

이어 역으로 검을 고쳐 잡은 진유검이 아래에서 위쪽으로 크게 휘둘렀다.

검신에 청광이 어리는가 싶더니 섬뜩한 검강이 하늘로 솟구쳤다.

신도호의 전력이 담긴 검과 진유검이 뿌린 검강이 정면으로 맞부딪쳤다.

꽈쾅!

우레와 같은 굉음이 터져 나오며 신도호의 몸이 그대로 튕겨져 나갔다.

노인 중 하나가 재빨리 몸을 날려 그의 신형을 받아들었다.

정신을 잃지는 않았지만 신도호의 검과 검강이 부딪치며 만들어낸 충격파에 의해 가슴 어귀가 움푹 파여 있었다. 가슴뼈가 박살이 난 것은 분명했고 어쩌면 그 안의 장기까지 치명적인 타격을 당한 것이 틀림없었다.

"저쪽 싸움도 다 끝나가는 것 같으니 이제 이쪽도 끝내도록 합시다."

진유검이 역으로 잡았던 검을 다시 돌려 잡으며 한쪽 입꼬리를 말아 올렸다.

진유검을 포위하고 있던 노인들이 긴장된 표정으로 서로의 얼굴을 마주보았다.

지금껏 진유검은 최선을 다하지 않았다는 것을 그들은 이미 한참 전부터 느끼고 있었다.

진유검의 전신에서 뿜어져 나오는 폭발적인 기운에 신도세가의 장로, 호법들은 전율하지 않을 수 없었다.

진유검의 검이 움직였다.

정확히 말하자면 그의 시선이 향하는 곳에 검이 도달했다는 것이 맞을 것이다.

아무도, 명색이 신도세가의 장로, 호법이라는 지위를 가지고 있던 그들 중 누구도 검의 움직임을 확인하지 못했다.

"크헉!"

탁한 비명과 함께 한 노인이 목을 부여잡고 비틀거렸다.

손가락 사이로 붉은 피가 줄줄 흘러내렸다.

그는 자신에게 벌어진 일을 이해하지 못했다.

그가 본 것이라곤 감정이 전혀 느껴지지 않는 진유검의 눈동자와 한줄기 빛살뿐.

그것이 죽음의 사자가 되리라는 것은 전혀 생각도 못했다.

번쩍!

또 한 번의 빛줄기가 나타났다 사라지고 이번엔 심장이 반으로 갈라진 노인이 그대로 고꾸라졌다.

눈 깜짝할 사이에 두 명의 목숨을 빼앗은 진유검의 무공은 일전에 오련신검에게 죽음을 안겼던 단섬이었다.

진유검이 상상도 할 수 없는 쾌검을 지니고 있음을 확인한 장로, 호법들은 얼른 뒤로 물러나며 공격의 사정거리에서 벗어나려고 하였다.

하지만 이미 싸움을 끝내기로 결정한 진유검은 그들보다 배는 빠르게 움직이며 연거푸 단섬을 펼쳤다.

그가 내뻗은 검이 한줄기 빛이 되어 날아가며 노고수들을 노렸다.

단섬은 단순히 빠르기만 한 것이 아니다.

단섬과 정면으로 부딪쳤던 오련신검은 지니고 있던 검이 산산조각이 났으며 온몸의 기경팔맥이 가닥가닥 끊어진 채 죽음을 당했다.

진유검의 쾌검엔 그만큼 막강한 위력이 내재되어 있었다.

그것을 알 리 없는 노고수 몇이 단섬과 정면으로 맞섰다가 처참한 비명과 함께 쓰러졌다.

힘이 다소 분산되었기에 즉사는 면할 수는 있었지만 그렇다고 치명적인 부상을 피한 것은 아니었다.

"이놈!"

연이어 쓰러지는 동료의 모습, 게다가 피하는 것만이 능사는 아니라는 생각을 한 노고수들이 일제히 몸을 돌려 역공을 펼쳐왔다.

조금 전, 포위 공격을 할 때와는 차원이 다른 절박함이 있었기에 그 위력은 하늘을 무너뜨리고 땅을 뒤집어버릴 정도로 무시무시했으나 진유검은 전혀 아랑곳하지 않았다.

피하지도 않았다.

오히려 공세 속으로 태연히 걸어 들어갔다.

멀리서 지켜보던 곽종은 놀라기도 지쳤다는 듯 힘없이 중얼거렸다.

"지금 내가 보는 게 사실이긴 한 거냐?"

옆구리의 상처가 제법 깊었지만 간단히 지혈을 하고 옷자락으로 대충 묶어놓은 것만으로도 충분했는지 혈색은 나쁘지 않아 보였다.

"봐도 믿기지 않으니 어디 가서 말도 못하겠다. 세상에 누가 신도세가의 영감들을 저리 채 썰 듯 썰어버릴 수 있을까? 그것도 한두 명도 아니고 열 명도 훨씬 넘는 인원을."

크고 작은 부상을 당하기는 했어도 곽종과 비교해 한결 깔끔한 모습을 하고 있는 유상이 고개를 절레절레 흔들었다.

"뭘 저 정도 가지고 그러쇼. 주군의 본모습을 보려면 아직도 멀었수."

전풍의 말에 어이가 없다는 듯 쳐다보는 곽종과 유상.

그런 둘의 시선과는 상관없이 고개를 돌린 전풍이 아직도 싸움을 끝내지 않고 있는 여우희를 가리키며 물었다.

"그런데 저 누님은 원래 저랬소? 아무리 적이라지만 저렇듯 쥐 잡 듯 잡아서야."

평소 적에게는 눈곱만큼도 인정을 베풀기 싫어하는 전풍

이 안쓰럽다는 표정을 지을 만큼 여우희는 매섭게 화룡대를 몰아치고 있었다.

지금 그녀가 상대하는 이들은 처음 그녀를 공격했던 화룡 일조와 이조가 아니었다. 그들은 이미 처참하게 몰살을 당한 상태였고 잔뜩 흥분한 여우희는 그들의 피만으론 부족했는지 곽종과 유상의 싸움에까지 끼어들었다. 결국 곽종과 유상이 물러나면서 나머지 화룡대까지 상대하게 된 것이다.

"우리도 몰랐지. 비무야 몇 번 해봤지만 이렇게 피 튀기는 싸움을 해본 것은 처음이었으니까. 솔직히 많이 놀라고 있다. 강하다는 것은 느끼고 있었지만 이 정도까지 강할 줄은 생각 도 못했어."

곽종의 말에 유상이 자신도 모르게 고개를 끄덕였다.

"게다가 아름다운 얼굴, 여리여리한 몸에서 저리 잔인한 손속이라니."

유상은 다소 낯선 여우희의 모습에 살짝 떨었다.

바로 그때였다.

뭔가가 그들을 향해 날아왔다.

황급히 몸을 피한 그들의 발밑으로 인간의 몸이라고 할 수 없을 정도로 처참하게 망가진 노인이 신형이 나뒹굴었다.

곽종과 유상은 멍한 얼굴로 노인의 시신과 검을 거두고 천 천히 걸어오는 진유검을 번갈아 바라보았다.

진유검은 노고수들이 펼친 합공을 간단히 무력화시키고 그들의 숨통을 모조리 끊어버렸다.

곽종과 유상이 여우희에게 잠시 시선을 빼앗긴 그 찰나지간에 모든 싸움이 끝난 것이다.

"무슨 표정이 그래? 여 누님은 아직인가?"

"예? 예. 곧 끝날 것 같습니다."

곽종이 질렸다는 얼굴로 대답했다.

벌써 몇 번이나 느끼는 거지만 도저히 인간으로 보이지 않았다.

"도주한 자는?"

"전령으로 보이는 몇 놈이 빠져나갔습니다."

유상이 대답했다.

그사이에 넌 뭐를 했느냐는 듯 슬쩍 전풍을 노려본 진유검이 고개를 끄덕였다.

"어차피 상관은 없겠지. 전령 몇 놈 잡는다고 변하는 건 없을 테니까."

"그래도 증인으로서 확보를 해야 하는 것 아닙니까?"

유상이 물었다.

"본가의 얘기를 듣지 못한 모양이군. 혈수단주를 사로잡았더니 하루아침에 반역자로 만든 그들이야. 이번에도 마찬가지겠지. 우리가 이미 동생이 반역을 했다는 것을 인정해 주었

으니 형도 함께 반역을 했었다고 주장하면 인정하지 않을 수
없어. 눈감고 아웅거리는 짓이기는 하지만 뭐, 그런 거지."

　진유검은 대수로울 것 없다는 듯 말했지만 곽종이나 유상
등은 어딘지 모르게 억울한 표정이었다.

　"전풍."

　"예, 주군."

　"검이나 몇 자루 챙겨. 신도세가를 추궁하는 데 아무런 도
움도 되지는 않겠지만 염장은 지를 수 있을 거다."

　"크크크! 알겠습니다."

　전풍이 괴소를 터뜨리며 방금 전, 진유검이 쓰러뜨린 신도
호와 노고수들의 주검이 있는 곳으로 걸어갔다. 그리곤 그들
이 지니고 있던 검을 하나둘 수거하기 시작했다. 간신히 명줄
을 붙잡고 있는 자들을 조용히 처리하면서.

　전풍이 검을 수거하기 위해 움직이자 진유검의 시선이 여
우희에게 향했다.

　아직까지 살아 있는 화룡대원의 수는 정확히 네 명.

　진유검은 그들에게 마지막 일격을 날리기 위해 우아하게
몸을 띄우는 여우희를 보며 어깨를 으쓱였다.

　"그나저나 참 처절하게, 즐겁게 싸우는군."

16장

천주지연(千秋之宴)

꽝!

굉음과 함께 신도장의 앞에 놓인 탁자가 그대로 무너져 내렸다.

상판에 올려 있던 대리석이 깨지며 사방으로 파편이 튀었지만 누구 하나 신경 쓰는 사람은 없었다.

"똑바로 말해라. 이번에도 고작 한 놈을 당해내지 못했단 말이냐? 본가의 최정예라는 화룡대와 열다섯 명에 이르는 장로와 호법이 움직였음에도?"

신도장의 노기는 하늘을 찔렀다.

보고를 올린 월안의 수장은 자신에게 쏟아진 신도장의 기세에 눌려 쩔쩔맸다.

"창아."

신도장의 곁에 있던 천무진천 신도충이 슬쩍 손짓을 하며 그를 불렀다.

"예, 당숙."

"일이 어찌 된 것인지 자세하게 설명을 해봐라. 모조리 당한 것이냐?"

신도충 덕분에 전신을 짓누르던 기운이 사그라들자 그제야 정신을 수습한 신도창(申屠暢)이 이마에 흐르는 땀을 닦으며 입을 열었다.

"함께 움직였던 십조장 당기초의 보고에 따르며 목단경 대주 이하 화룡대원 전원이 몰살을 당했고 화룡대를 지원하기 위해 움직였던 장로님과 호법님들 또한 진유검의 손에 당하신 것 같습니다. 그리고⋯⋯."

잠시 말끝을 흐렸던 신도창이 어금니를 질끈 깨물곤 말을 이었다.

"만⋯ 인당주 또한 목숨을 잃었다고 했습니다."

"음."

신도충이 나직한 신음을 내뱉으며 눈을 감았다.

의협진가를 공격하기 위해 떠났던 신도광은 다시는 회복

할 수 없는 병신의 몸이 되어 돌아왔다.

의협진가에서 신도세가의 반역자이니 알아서 처리하라라며 목숨은 살려 보냈지만 사지의 심줄이 끊기고 단전이 완전히 파괴가 된 상태라 아무리 제대로 된 치료를 한다고 해도 온전한 상태로 회복하기는 불가능한 상태였다.

그런 상황에서 동생의 복수를 하겠다고 나선 신도호는 목숨까지 잃고 말았으니 참담한 심정이 뭐라 말을 할 수가 없을 지경이었다.

"만인당은 어찌 되었소, 형님?"

신도충의 장자 신도연(申屠燃)이 물었다.

"만인당은 무사하다. 이화검문이 접근하고 있다는 소식을 들은 호 아우가 그들을 경계하라 이동시킨 모양이야."

"멍청한! 그까짓 이화검문이 뭐라고. 만인당만 이동시키지 않았어도 이런 결과는 얻지 않았을 것 아닌가."

신도연은 병력을 분리한 신도호의 행동에 크게 탄식했지만 신도창의 생각은 전혀 달랐다.

"과연 그럴까?"

"무슨 뜻이오?"

신도연이 신경질적으로 물었다.

"당기초의 보고에 따르면 화룡대를 상대한 것은 진유검이 아니라 그를 따르는 네 명의 수하였다. 그런데 상대조차 되지 않았다고 했다. 고작 네 명을 상대하면서 백오십에 이르는 화룡대가 포위 공격을 했음에도 오히려 몰살을 당했다는 것이야. 그런 상황에서 만인당이 나선다고 변하는 것이 있을까?'

신도창의 말에 신도연은 아무런 말도 할 수 없었다.

어느새 월안의 수장 본연의 모습으로 돌아온 신도창이 신도장과 세가의 어른들을 두루 살피며 말했다.

"무엇보다 심각한 것은 이번 일에 나서신 장로, 호법들께서 합공을 하셨음에도 진유검 한 명을 어쩌지 못했다는 것입니다."

사방에서 나직한 신음이 터져 나왔다.

"이는 상당히 심각한 문제가 아닐 수 없습니다. 또한 공포스런 일입니다. 외람되지만 당숙께 여쭤보겠습니다."

신도충이 감았던 눈을 떴다.

"숙부께선 진유검이 상대한 장로와 호법님들의 합공을 감당하실 수 있겠습니까?'

어찌 보면 상당히 버릇없는 말이었다.

곳곳에서 노골적으로 화를 내는 눈빛이 있었지만 신도장과 신도충은 전혀 그렇게 생각하지 않았다.

잠시 생각을 하던 신도충이 대답했다.

"감당할 수는 있다. 하지만 노부 또한 목숨을 걸어야 하겠지."

실로 광오한 말이 아닐 수 없었다.

그러나 회의실에 모인 이들은 당연하다는 듯 고개를 끄떡였다.

천무진천이란 별호가 말해주듯 그는 그런 말을 할 자격이 있는 사람이었다.

"진유검은 상처 하나 없이 그분들을 쓰러뜨렸습니다. 참담하기 그지없지만 당기초의 표현을 그대로 빌리자면……."

신도창은 피가 나도록 입술을 깨물었다.

차마 내뱉기 힘든 말이었기에 몇 번을 망설였다.

그러나 해야 했다.

아직도 진유검의 무서움을, 세가에 어떤 위협이 닥쳐오는지 모르는 이들을 위해서라도 해야 했다.

"가지고 놀았다고 했습니다. 꼬마 아이가 재미 삼아 개미를 짓눌러 죽이듯 그렇게 농락을 하며 죽였다는군요."

있을 수도, 감히 상상도 할 수 없는 발언.

회의실에 엄청난 충격에 휘몰아쳤지만 신도창은 말을 멈추지 않았다.

"그를 상대했던 분들의 무위를 떠올려 보십시오. 그분들이 함께하는 합공을. 그리고 그런 합공을 당하면서도 오히려 사냥하듯 그분들의 목숨을 빼앗은 진유검의 무공을 말입니다."

신도창의 말대로 싸움 장면을 그려보던 이들은 감당키 힘든 공포심을 느끼며 전신을 부르르 떨었다.

신도충마저 불끈 쥔 주먹에 땀이 흥건히 맺힐 정도로 격동하고 있었다.

"그런 자가 무황성으로 오고 있습니다. 수호령주라는 막강한 지위를 가지고. 후계자를 지키고자 하는 무황은 그 어떤 때보다 수호령주에게 힘을 실어줄 것이고 그는 틀림없이 몇 년 동안 이어졌던 암살 사건과 부친의 죽음에 대해 조사를 하려 할 것입니다."

"자칫하면 지금까지 해왔던 모든 계획이 흐트러질 수도 있다는 말이로구나."

신도장의 말에 신도연이 더없이 심각한 얼굴로 고개를 끄덕였다.

"예, 당숙을 능가하는 무공을 지닌 수호령주입니다. 수하들의 능력 또한 가늠키 힘들 정도입니다. 그런 자들이 본격적으로 개입을 하기 시작하면 무황성의 상황이 어찌 변할지 알 수가 없습니다."

"그 수하라는 자들은 의협진가의 제자더냐?"

"아닙니다. 한 명은 진유검이 처음으로 모습을 드러냈을 때부터 함께했던 수하고 나머지 세 명은 동정호 인근에서부터 갑자기 합류를 한 것으로 확인 되었습니다."

"혹……."

신도장이 신도충을 돌아보았다.

"천강십이좌를 생각하시는 겁니까?"

"아닐까?"

"충분히 가능성이 있습니다만 그들은 무황성이 위기에 빠지지 않는 한 세상에 모습을 드러내지 않는 자들입니다."

신도충의 말에 신도연이 조심스레 제동을 걸었다.

"하지만 당숙. 세상에 절대라는 말은 없습니다. 천강십이좌의 전설이 만들어진 지도 벌써 삼백 년 가까운 세월이 흘렀습니다. 그 후손들이 어찌 변할지는 알 수 없는 노릇이지요. 제가 알기론 이미 이탈한 사람도 있다고 들었습니다."

"몇 명이 이탈했는지는 모르나 한 명은 확실하다."

신도충이 신도연의 말을 인정했다.

"해서 그들의 존재를 완전히 배제해선 안 된다고 봅니다."

신도연의 말에 그렇잖아도 어두웠던 신도장의 표정이 한층 더 심각해졌다.

"정말 천강십이좌라면 정말 심각한 문제지. 그들이 선조들의 무공을 제대로 이어받았다면 더욱더. 어찌해야 한다고 보느냐?"

신도연은 신도장의 물음에 신도충의 안색을 슬쩍 살피며 대답했다.

"혈수단이 본가에 반역을 했다고 대외적으로 공표했듯 화룡대와 만인당 또한 그렇게 처리를 해야 할 것 같습니다."

"호까지 반역자로 만들자는 말이오?"

신도연이 버럭 소리를 질렀다.

"그렇지 않으면? 진유검을 죽이는 데 실패한 이상 어떤 변명도 통하지 않는다. 오히려 간신히 덮었던 혈수단의 일까지 걸고 넘어갈 터. 아무런 명분도 없이 의협진가를, 수호령주를 공격했다는 것이 세상에 알려지면 본가는 그날로 끝장이다. 게다가 천추지연(千秋之宴)이 얼마 남지 않았다. 전 무림인의 시선이 무황성에 쏠리는 지금, 무황이, 우리를 잡아먹으려고 호시탐탐 노리고 있는 다른 가문, 세가들이 가만히 있지 않을 것이야."

"아무리 그렇다고 해도 이런 식으로 처리하는 것은……."

신도충이 손을 들어 신도연의 말을 막았다.

"그렇게 처리해라. 실패한 이상 외길이야. 그랬기에 가주께서도 전폭적으로 지원을 해주신 것이고. 녀석이, 아니, 우리 모두가 그자의 힘을 얕보았다. 혈수단이 당했다는 것을 생각해 보면 화룡대뿐만 아니라 훨씬 더 많은 전력을 투입했어야 했어. 아니지. 생각해 보면 그랬다고 해도 성공했을지가 의문이군."

신도충의 시선이 자신에게 향하자 신도연은 힘없이 고개를 저었다.

진유검의 엄청난 무위를 감안했을 때 신도연은 최소한 신도충이 나서야지 그렇지 않는 한 그를 잡을 가능성은 거의 없다고 판단했다.

"그렇게 처리해도 괜찮겠나?"

신도장이 진심으로 미안한 표정으로 물었다.

"예, 형님. 대신 부탁이 있습니다."

"그게 무엇인가? 말해보게."

잠시 뜸을 들이던 신도충이 조용하지만 은은한 분노가 느껴지는 음성으로 말했다.

"이번 천추지연에 저도 참석하겠습니다."

*　　　*　　　*

둘레만 물경 삼십 리에 이르는, 단순히 무림 세력의 연합체를 떠나 이제는 거대한 성으로 변모한 무황성.

수많은 고루거각(高樓巨閣) 중에서도 유난히 빛나는 곳이 있었으니 무황성 정문에서 내원으로 이어지는 대로의 끝, 어마어마하게 넓은 연무장을 한눈에 내려다보고 있는 삼 층 누각이 바로 그것이었다.

단순히 높고 건물이 화려해서가 아니었다.

지존각(至尊閣)은 주변의 여러 고루거각에 비해 그다지 높지도 않았고 오히려 낡고 허름하기까지 했다.

하나, 삼 층은 무황의 거처였고, 이 층은 집무실과 핵심 수뇌들이 모여 회의를 할 수 있는 소규모의 회의실이, 일 층엔 무황의 호위들이 머무르고 있는 지존각은 무황성의 정중앙, 말 그대로 무황성의 심장이라 할 수 있는 곳에 위치한 데다가 다른 누구도 아닌 무황의 거처라는 상징성 때문에 무황성의 시작이요, 끝이라 불리었다.

지존각 이 층 무황의 집무실.

어느덧 칠십을 넘긴 당대의 무황 사공백(司空伯)이 속옷차림으로 평상(平床)에 비스듬히 누워 산더미처럼 쌓인 보고서를 읽고 있었다.

반 은퇴 상태나 마찬가지였기에 평소 거의 모든 결정과 결재를 군사인 제갈명(諸葛明)에게 일임했지만 어찌 된 일인지 오늘은 더없이 진지한 얼굴로 보고서를 읽고 있었다.

방금 전, 무황 직속 정보조직 신천옹(信天翁)에서 올라온 보고서가 그의 흥미를 제대로 자극했기 때문이다.

"읽어 보았는가?"

무황이 맞은편에서 무황의 인장을 가지고 결재에 여념이 없던 제갈명에게 물었다.

"예."

무황성의 군사라는 지위와는 전혀 어울리치 않는 산발한

머리하며 꾀죄죄한 옷차림, 피곤에 찌든 얼굴을 한 제갈명이 고개도 돌리지 않고 성의 없이 대답했다.

"어찌 생각하는가?"

"피바람이 불겠지요."

툭 내뱉는 말에 무황의 눈썹이 꿈틀거렸다.

"어허! 명색이 군사라는 사람이 그런 성의 없는 대답이 뭐란 말인가? 제대로 대답을 해보게."

무황의 호통에 제갈명이 고개를 홱 돌렸다.

"이걸 보시고도 그런 말씀이 나오십니까? 밀린 서류 결제만 하려고 해도 머리가 빠개질 것 같습니다."

"그거야 대충 도장만 찍어도 되는 것을 일일이 살피니 그런 것이 아닌가? 쯧쯧, 사서 고생하지 말고 쉽게 가세나. 거기 있느냐?"

무황의 부름에 집무실의 문이 열리며 예쁘장한 시비와 건장한 사내가 모습을 보였다.

무황이 시비에겐 물러가란 손짓을 하며 건장한 사내에게 말했다.

"이것들 좀 물려라."

"존명."

성큼성큼 걸어들어온 사내가 뒤쪽의 수하들에게 신호를 하자 제갈명 앞에 놓인 수많은 서류가 순식간에 치워졌다.

한숨을 내쉰 제갈명이 사내에게 말했다.

"흐뜨리지 말고 그대로 군사부로 옮기게."

"알겠습니다."

골치 아픈 서류들이 눈앞에서 사라지는 것을 흐뭇하게 바라보던 무황이 입을 열었다.

"이제 이것에 대해 얘기를 해볼 수 있겠군."

무황이 자신이 읽고 있던 보고서를 살랑살랑 흔들며 말했다.

"다시 말씀드리지만 전 후계자 싸움에 개입할 생각이 없습니다. 그래서도 안 되고요."

"알아. 강요할 생각도 없어. 난 그저 자네가 작금에 벌어지고 있는 일을 어찌 생각하는지 듣고 싶을 뿐이야."

제갈명은 더없이 진지한 무황의 얼굴을 잠시 살피다 어쩔 수 없다는 얼굴로 입을 열었다.

"수호령주라는 지위는 언제나 그렇듯 폭풍의 핵이라 할 수 있습니다. 과거를 살펴보더라도 비록 수호령주가 직접적으로 개입한 사건은 몇 되지 않지만 그 파장은 실로 대단했지요."

무황은 고개를 끄덕이는 것으로 제갈명의 말에 동의했다.

"더구나 근자에 벌어진 일을 감안하면 그 파장이 어디까지 미칠지 가늠키 힘듭니다."

"그가 후계구도에 개입하리라 보는가?"

제갈명이 무황의 얼굴을 똑바로 바라보며 되물었다.

"물론입니다. 그가 나서지 않는다고 해도 성주님께서 요청하실 것 아닙니까?"

"당연히. 단순히 후계구도가 문제가 아니야. 억울하게 죽은 아이들의 원을 풀어줘야지."

무기력한 노인처럼 보이던 무황의 전신에서 지존각 전체를 휘감는 엄청난 살기가 뿜어져 나왔다.

"본좌가 직접 나설 수는 없네. 완벽한 물증도 없이 나섰다간 자칫하면 무황성 자체가 무너져 내릴 테니까."

"반대세력을 제거하려는 시도라 오해받을 수도 있지요."

"하지만 수호령주는 달라. 그가 누구의 편도 아니라는 것은 세상 사람들이 다 알지. 의협진가가 그동안 보여줬던 행보가 그래 왔고. 그런 수호령주가 일의 전모를 밝혀낸다면, 아니, 약간의 꼬투리라도 잡아낼 수 있다면 본좌가 움직일 수 있는 명분이 생긴다네. 지금처럼 암중에서 움직이는 것이 아니라 공식적으로."

그것이 무엇을 의미하는지 너무도 잘 알기에 제갈명의 몸이 부르르 떨렸다.

"그랬기에 저들이 먼저 수호령주를 제거하고 의협진가를 차지하기 위해 움직인 것이지요."

그동안 의협진가가 처한 상황을 몹시 안타깝게 여기던 제갈명의 눈에서도 서늘한 기운이 흘러나왔다.

"성주님께서 직접 나서시지 않는다고 해도 수호령주는 후계구도에 반드시 개입을 합니다. 무황성을, 성주님을 위함이 아니라 사사로운 복수 때문이라도 움직일 수밖에 없습니다. 모든 것이 난마(亂麻)처럼 얽혀 있으니까요."

"의협진가의 가주가 연이어 목숨을 잃었을 때 본좌가 얼마나 큰 절망을 했는지 자네는 모를 것이네. 모든 희망을 잃었다고나 할까? 그저 어찌하면 마지막 핏줄이나마 제대로 지킬 수 있을지 걱정하며 하루하루를 보내왔지. 그런데 모든 게 달라졌네. 단 한 사람의 등장으로."

주먹을 꽉 움켜쥐는 무황의 표정에서 제갈명은 이제 곧 무황성에 엄청난 피바람이 몰아칠 것임을 직감했다.

"힘을 실어주시겠군요."

"물론이네. 마음 같아서 본좌가 부릴 수 있는 모든 힘을 주고 싶은 심정이야. 그럴 수는 없겠지만 그렇다고 조금도 걱정하진 않네. 자네도 확인했지 않나? 그가 어떤 인물인지. 홀로 신도세가의 멍청한 늙은이들 열다섯을 날려 버린 고수야."

무엇이 그리 신나는지 무황의 얼굴이 회춘이라도 한듯 한없이 밝아졌다.

"솔직히 말하자면 본좌의 역량으로도 쉬운 일은 아니라네.

굳이 승부를 내자면 못 할 것도 없겠지만⋯⋯."

무황은 자신의 말을 끝맺지 못했으나 제갈명은 그가 하고자 하는 말을 능히 짐작할 수 있었다.

"저들은 어찌 움직일 것 같은가?"

무황이 은근한 어조로 묻자 제갈명은 망설이지 않고 대답했다.

"연합을 할 것입니다."

"흥. 연합이야 지금도 하고 있는 셈이지."

무황이 가소롭다는 얼굴로 말했다.

"그것과는 차원이 다른 연합을 하리라 봅니다. 지금까지는 연합을 했다고 하더라도 어느 정도는 서로를 견제하는 모습이 역력했지만 의협진가를 장악하는 데 실패를 하고 새로운 수호령주가 무황성으로 오고 있는 지금은 상황 자체가 완전히 변했습니다. 그야말로 생존이 달린 문제니까요. 분열은 곧 죽음이라는 것을 깨닫고 있을 겁니다. 신도세가가 화룡대와 십여 명이 넘는 장로, 호법을 투입하고도 실패한 것은 신도세가는 물론이고 다른 세력들에게도 확실한 경고가 되었을 겁니다."

"음, 아무래도 그렇겠지."

"게다가 내일이면 천무진천이 무황성에 도착을 합니다. 자신의 존재로 인해 가주의 위엄이 깎이면 안 된다는 신념을 가지고 지금껏 단 한 번도 가주와 함께 공식적인 자리에 나타나지 않았던 천무진천입니다. 그런 그가 신도세가의 가주와 함께 무황성을 방문한다는 것은 실로 상당한 의미를 지녔다고 할 수 있습니다."

천무진천이란 말에 무황의 표정도 살짝 굳어졌다.

무황마저 가볍게 여길 수 없는 이름이 바로 천무진천이었다.

"혹 그가 무황성에 도착하기 전에 수단을 마련할까?"

"불가능합니다. 신도세가가 수호령주를 노렸고 실패를 했다는 것은 이미 온 천하에 알려졌습니다. 무림의 모든 이목이 그에게 쏠린 상황에서 또다시 공격을 하기엔 분명 무리가 있습니다."

"천무진천이라면 가능하지 싶은데."

무황의 은근한 눈빛에 제갈명이 쓰게 웃으며 되물었다.

"그건 무황께서 바라시는 거지요. 천무진천이 그에게 쓰러지길 기대하시는군요. 하지만 그럴 리가 없다는 것은 무황께서 더 잘 알고 계시지 않습니까?"

"좋기는 하겠지만 자네 말대로 그럴 일은 없겠지."

무황은 속내를 들켰음에도 전혀 당황하지 않았다.

"예, 천무진천은 혼자 움직이지 못합니다. 신도세가 가주가 절대 용납하지 않을 겁니다."

"하긴 내가 신도세가의 가주라도 그렇게 조치하겠지. 그런 위험한 도박을 할 수는 없을 것이야."

아쉽다는 얼굴로 입술을 달싹인 무황이 뭔가가 생각났다는 얼굴로 말했다.

"아, 그나저나 새롭게 늘어났다는 일행 말일세."

"예."

"아무래도 천강십이좌 중 일부인 것 같은데 어찌 생각하나?"

"예? 천강… 십이좌요? 하지만 그들은……."

제갈명이 깜짝 놀라며 말을 잇지 못하자 무황이 빙그레 웃었다.

"확실하진 않아. 다만 그런 느낌이 들어서 말일세. 아무튼 송촌(松村)을 지났다고 하니 사흘 정도면 이곳에 도착을 하려나?"

"넉넉잡아 나흘이면 도착을 할 것 같습니다."

"흠, 나흘이라. 일부러 시간을 맞춘 것일까?"

"그렇지 않겠습니까? 그가 의협진가에 도착한 시간을 감안했을때 천추지연에 참석하고자 함이 아니라면 굳이 이렇게 빨리 움직일 이유는 없다고 봅니다."

제갈명이 단언하듯 말했다.

제갈명의 말에 무황의 표정이 실로 의미심장하게 변했다.

"수호령주가 천추지연에 참석을 한다? 게다가 그를 보기 위해 천무진천이 직접 참석을 하고."

"천무진천뿐만이 아닙니다. 그간 모습을 보이지 않던 원로들까지 대거 참석을 하려는 모양새입니다."

"그렇단 말이지. 후후, 정말 흥미로운 천추지연이 되겠어. 정말로."

무황의 눈동자 깊은 곳에서 일렁이는 살의를 꿰뚫어 본 제 갈명의 입에서 다시금 나직한 한숨이 흘러나왔다.

*　　*　　*

"의도한 게 아니란 말입니까?"

곽종이 놀란 눈으로 물었다.

"당연히. 솔직히 천추지연이란 말도 세가를 떠날 때 처음 들었으니까. 하긴, 세가의 식솔들도 모두 그렇게 생각하기는 했지만."

진유검의 태연스런 모습에 곽종은 물론이고 묵묵히 뒤를 따르던 유상과 전풍을 괴롭히고 있던 여우희도 어이없다는 표정을 지었다.

"어떻게 천추지연을 모를 수가 있습니까? 촌구석에 콕 처박힌 저희도 알고 있는… 아! 죄송합니다."

흥분하여 떠들던 곽종은 진유검이 자신들보다 더욱 고립된 삶을 살았다는 것을 떠올리곤 황급히 입을 다물었다.

"정확한 명칭은 모르고 무황성에서 몇 년에 한 번씩 무림대회가 열린다는 것은 들어 알고 있었지."

진유검이 대수롭지 않다는 얼굴로 말하자 민망한 얼굴로 고개를 숙이고 있던 곽종의 옆구리를 쿡 찌른 유상이 입을 열었다.

"맞습니다. 원래는 의기천추광명지연(義氣千秋光明之宴)이란 이름이었는데 언제부터인지 그냥 천추지연이라 불리게 되었습니다."

"길기도 하고 어째 오그라들기도 하는 이름이네."

힘겹게 여우희의 장난에서 빠져나온 전풍이 코웃음을 치며 말했다.

"이름은 그럴지 몰라도 의미는 그렇지 않아. 세외사패를 물리치고 무림의 정기를 바로 잡은 그날의 역사적인 승리와 이를 위해 목숨을 초개처럼 바친 의협들을 기리기 위해 만든 행사니까."

정색을 하고 설명하는 유상의 모습에 전풍이 떨떠름한 얼굴로 대꾸했다.

"누가 뭐래요? 그냥 그렇다고요."

전풍이 어깨를 거칠게 들썩이며 앞서 걸어나가자 유상은

잠시 끊어졌던 말을 이었다.

"처음엔 규모도 작고 소박한 행사였다고 하더군요. 한데 비무대회니 뭐니 온갖 행사가 추가되고 각 문파의 자존심 대결까지 벌어지게 되면서 이제는 모든 무림인이 열광하는 거대한 축제가 되어버렸습니다."

"비무요? 지금 비무라 하셨소?"

별로 관심이 없다는 듯 앞서 가던 전풍이 갑자기 걸음을 멈추고 고개를 돌렸다.

"맞다. 비무. 그야말로 문파의 자존심을 걸고 나서는 자리인지라 그만큼 실력자들도 많이 나오고 분위기 또한 뜨거울 정도로 살벌하지."

"마치 본 사람처럼 얘기하는데?"

곽종이 야유하듯 물었다.

"어릴 적에 한 번. 천강십이좌의 회합이 있었을 때 때마침 천추지연이 벌어졌는데 사부님께서 구경을 시켜주신 적이 있다. 지금도 그때의 감정을 떠올리면 가슴이 두근거려."

유상이 상기된 얼굴로 왼쪽 가슴에 가만히 손을 댔다.

"주군."

전풍이 진유검을 불렀다.

"왜?"

"참가해도 됩니까?"

전풍이 장난감을 사달라고 조르는 아이처럼 눈망울을 굴려대며 물었다.

"뭐를? 비무대회?"

"예."

"안 돼."

진유검이 단박에 거절을 하자 전풍은 물론이고 곽종과 유상마저 의외라는 얼굴이었다.

"아, 왜요!"

전풍이 버럭 소리를 질렀다.

"망신만 당할 테니까. 각 문파의 대표라면 네 실력으론 어림도 없다."

전풍이 천무진천의 그림자였던 부염을 말 그대로 때려죽였다는 것을 알고 있는 곽종 등은 진유검의 말을 이해하지 못하겠다는 표정이었다.

그들이 그러니 전풍은 당연히 더했다.

"제 실력을 아시면서 그러십니까, 주군! 모조리 박살 낼 자신이 있습니다."

"모조리라는 말에 동의는 하지 못하겠지만 망신을 당할 것 같지는 않습니다만."

곽종이 슬쩍 전풍의 편을 들자 전풍이 감복한 얼굴로 곽공을 바라봤다.

곽종까지 전풍을 두둔하고 나서자 한심하다는 듯 고개를
흔든 진유검이 유상에게 물었다.

　"비무대회를 봤다고 했지?"

　"예."

　"비무대는 어때? 크기가 얼마나 되지?"

　"십장에서 대충 십오 장 정도는 되었던 것 같습니다."

　"생각보단 크네. 그래도 어림없는 크기야. 전풍."

　"말씀하십쇼!"

　전풍의 음성에서 강한 반발이 느껴졌다.

　"어느 정도 선까지는 올라갈 수 있다. 하지만 그 이상을 노
리려면 네 특기를 살려야 한다. 한데 그 작은 비무대에서 네
특기를 살릴 수 있다고 보냐?"

　"십여 장 정도면 충분히……."

　"왜? 비무대 주변을 꽁지가 빠져라 빙빙 돌게? 뭐, 성공할
수도 있겠지. 하지만 그게 뭐냐? 수많은 사람이 보는 앞에서
모양 빠지게. 그리고 중요한 것은!"

　진유검의 눈빛이 살짝 매서워졌다.

　전풍이 자신도 모르게 움찔하여 어깨를 움츠렸다.

　"네 무공이 노출되었을 가능성이 있다는 거다. 만약 네 무
공의 특징을 아는 자가 상대라면 네 녀석이 백 걸음을 뛰도록
절대로 그냥 두지 않아. 사방이 탁 트인 평지라면 모를까 비

무대에선 막고자 하면 얼마든지 막을 수 있다. 백 걸음이 되기 전까지의 네 움직임은."

전풍의 얼굴이 참담히 일그러졌다.

"한마디로 날개를 펼치기 위해 뒤뚱거리며 뛰다가 돌팔매질에 바닥에 처박히는 꿩처럼 된단 말이다. 그렇게 되고 싶냐?"

"하, 하지만……."

나름 열심히 설명을 했음에도 전풍이 미련을 버리지 못하고 망설이자 진유검의 눈꼬리가 하늘로 치솟았다.

"그렇다면 네 마음대로 해라. 대신 그 상대가 신도세가나 이화검문의 종자라면, 그래서 네 녀석이 날아오르지 못한 꿩의 신세가 되어버리면."

진유검이 주먹을 꽉 움켜쥐었다.

"넌 나한테 죽어."

"포기하겠습니다."

전풍이 대답은 그 어느 때보다 빠르고 신속했다.

닷새 동안 열리는 천추지연의 첫째 날 정오 무렵, 진유검 일행이 무황성에 도착했다.

"우와, 크긴 정말 크네."

무황성의 압도적인 규모에 놀란 전풍이 입을 쩍 벌렸다.

"사람들 좀 봐. 태어나서 이렇게 많은 사람이 모이는 건 처음이다."

곽종 역시 무황성을 향해 끊임없이 이어지는 사람들의 행렬에 기가 질린 듯한 표정이었다.

"자, 빨리 가죠. 대체 얼마나 대단한 연회가 벌어지기에 이 난리인지 진짜 궁금하네요."

전풍이 잔뜩 상기된 얼굴로 말했다. 그리곤 성큼성큼 앞서 걷기 시작했다.

별다른 호응을 해주지는 않았으나 뒤를 따르는 곽종 등의 발걸음도 전보다 훨씬 빨라졌다. 하지만 워낙 많은 사람이 이동을 하고 있는 터라 생각보다 속도가 빠르게 나지는 않았다.

그것이 못마땅한 전풍이 신경질을 내려던 찰나, 진유검이 왼쪽으로 고개를 돌리며 말했다.

"흠, 재밌군. 우리를 기다리는 건가."

일행의 시선이 진유검을 따라 움직였다.

대로 옆, 엄청난 인파에 북적이는 주루 이 층에서 물끄러미 밖을 내다보는 여인이 있었다.

"누굽니까?"

전풍이 여인의 얼굴을 찬찬히 뜯어보며 물었다.

"너도 아는 사람."

"예?"

전풍이 놀란 눈을 치켜뜨며 진유검과 이 층의 여인을 번갈아 바라보며 고개를 흔들었다.

"기억에 없는 여잔데요."

"내 기억엔 있다. 너도 만나보면 기억이 날 거다."

진유검의 묘한 웃음을 흘리며 주루로 발걸음을 움직였다.

진유검의 입가에 걸린 웃음이 영 마음에 걸렸는지 뒤를 따르는 전풍은 떨떠름한 표정을 감추지 못했다.

번잡한 일 층과 마찬가지로 이 층 역시 발 디딜 틈도 없이 많은 손님으로 북적였다.

이십여 개의 크고 작은 탁자가 놓여 있었지만 주인 없는 자리는 하나도 없었다. 그나마 한적한 곳이라면 홀로 창가 옆에 앉아 있는 여인의 자리뿐이었다.

"호위가 있습니다."

유상이 그녀의 자리를 중심으로 좌우에 앉아 있는 사내들을 힐끗거리며 말했다.

"실력들이 만만치 않아 보이네."

내용은 칭찬인 듯 보였으나 여우희의 입에서 흘러나온 음성은 어딘지 모르게 비꼬는 느낌이었다.

"저 정도 수하를 부릴 정도면 신분이 꽤나 높다는 것이겠군요."

유상은 은연중 날카로운 기운을 뿜어내는 사내들의 얼굴

과 착용한 의복, 들고 있는 검 등을 세밀히 살피며 말했다.

"확인해 보면 알겠지."

진유검은 조금도 머뭇거림 없이 창가로 다가가더니 여인의 맞은편에 앉았다.

당황한 호위들이 벌떡 일어났지만 진유검의 얼굴을 확인한 여인의 손짓에 의해 별다른 행동을 하지는 않았다.

전풍과 곽종 유상은 자리에 앉지도 못하고 엉거주춤 서 있었지만 여우희는 의자를 잡아 빼곤 당당히 한 자리를 차지했다.

"무례하군요."

여인이 마주 앉은 진유검을 바라보며 고운 아미를 살짝 찡그렸다.

진유검이 피식 웃으며 대꾸했다.

"무례는 소저가 일전에 이미 저질렀지. 그리고 내 느낌대로라면 지금 이 자리는 우리가 초대를 받은 것이라 생각하는데. 아니라면 바로 일어나지."

진유검이 엉덩이를 들썩이자 여인이 한숨을 내쉬며 말했다.

"앉으세요. 눈치가 빠르시군요."

진유검은 가볍게 웃으며 자리에 앉았다.

"어차피 금방 만나게 될 텐데 굳이 이렇게 먼저 찾아왔다면 그만한 이유가 있을 터. 어디 초대를 한 이유나 들어봅시다."

"그전에 한 가지 물어도 될까요?"

"얼마든지."

"제가 사공세가의 식솔이라는 것을 어찌 알았지요?"

여인의 질문이 자신의 예상을 빗나가지 않자 진유검은 자신도 모르게 웃음을 터뜨렸다. 그것이 기분이 나빴는지 여인의 안색이 굳었다.

"아, 딴 뜻이 있어서 웃은 것은 아니니 오해는 하지 마시오. 그저 내 예측이 맞아서 나온 웃음이니까."

"예측까지 했다면 대답을 해줄 수 있겠군요."

샐쭉한 표정이 아직 화가 풀리지 않은 듯 보였다.

"소저가 사용한 무공을 보고 알았소."

"제 무공을요? 하지만……."

사공세가의 무공을 최대한 변형해서 사용했던 여인은 진유검의 대답에 당혹감을 감추지 못했다.

"세세하게 어떻게 알았냐고 따지고 들면 할 말은 없소. 그냥 알았다고나 할까. 감추고자 해도 감춰지지 않는 게 있는 법이오."

사공세가 무공의 근원을 알고 있다는 것을 말할 수 없었던 진유검은 그냥 얼버무리는 것으로 끝내려 했으나 여인은 그의 말을 전혀 엉뚱하게 해석했다.

"아, 그렇군요. 의협진가의 무공이 본가의 무공과 비슷하다는 말을 들은 적이 있어요. 아무래도 그 영향이 있는 것 같군요."

전혀 엉뚱한 짐작이었으나 따지고 보면 딱히 틀린 말도 아니었기에 부인을 하지 않았다.

"뭐, 그렇다고 해두십시다."

진유검의 말이 끝나기가 무섭게 여인의 호위들이 앉아 있는 옆자리에 슬그머니 엉덩이를 들이밀고서 두 사람의 대화를 주의를 기울이던 전풍이 벌떡 일어나며 소리쳤다.

"이제야 알았다! 바로 노파로 변장했던 계집이로구나!"

당시의 망신을 떠올린 전풍의 얼굴에 노골적인 적의가 드러났다.

"앉아."

"하지만 주군!"

"수선 떨지 말고 앉으라고. 여기 우리만 있는 것도 아니잖아."

"그딴 건 상관없습니다."

전풍이 이 층 주루에 모인 이들의 시선이 자신에게 쏟아지는 것을 느끼면서도 오히려 눈을 부라리자 진유검이 전풍의 귀를 잡아채서 자리에 앉혔다.

"생각을 좀 해라. 사공세가의 사람이라고 했잖아. 적이 아니라고."

"적이든 아니든 중요한 건……."

전풍이 여전히 씩씩거리자 여우희가 그의 팔짱을 끼며 얼굴을 들이댔다.

"동생이 예쁜 아가씨에게 망신을 당한 모양이네. 패한 모양이지?"

"패하긴 누가 패해요?"

전풍이 버럭 소리를 질렀다.

"패했네. 패했어."

"음. 확실히 그런 것 같은데."

옆자리에 앉은 곽종과 유상이 얼굴을 마주보며 전풍의 염장을 질렀다.

"아, 진짜! 패한 게 아니라니까요!"

"아닌데 왜 그리 열을 내? 아하, 배에서 싸웠다고 그랬지? 결국 핑계를 대려고 하는 거네. 배가 좁아서 실력 발휘를 못했다고."

곽종의 이죽거림에 전풍은 얼굴이 벌게져선 아무런 대꾸도 못하고 씩씩거렸다.

"그때는 제가 신분을 노출시킬 수 없는 상황이라 무례를 저질렀습니다. 사과드리겠습니다."

여인이 정중하게 사과를 하자 오히려 곤란해진 것은 전풍이었다.

사공세가라하면 진유검의 적이 될 수가 없었고 당시 여러 세력의 간자들이 접근했었다는 것을 감안하면 신분을 감춘 것도 충분히 이해를 할 수 있는 일이었다. 또한 장소야 어쨌든 결과적으로 패한 것은 패한 것이다. 게다가 사과까지 했으니 더 이상 떠들어 봐야 속 좁은 인간밖에 되지 않을 터.

"됐수다. 젠장!"

신경질적으로 자리에서 벌떡 일어난 전풍이 옆으로 자리를 옮겼다.

"자, 그때의 얘기는 이쯤에서 대충 정리가 된 것 같고. 아직 소저가 우리를 찾은 이유를 말씀하지 않으셨소만."

진유검의 말에 여인이 몸을 일으켰다.

"정식으로 인사를 드리지요. 소녀는 사공혜(司空慧)라고 합니다. 밀영대(密影隊) 부대주 자리에 있지요."

"밀영대라면……."

"섬전, 뇌력대와 함께 무황 직속의 삼대 전투단입니다."

유상이 얼른 대답했다.

"밀영대는 조금 성격이 달라요. 전투단이면서 정보를 취급하지요."

사공혜의 설명에 다들 고개를 끄덕였다.

그녀가 어째서 변장을 하고 진유검이 탄 배에 올랐는지도 설명이 되었다.

"밀영대가 무황의 직속이라면 소저의 행보 역시 무황의 뜻이라고 봐도 되는 것이오?"

진유검이 물었다.

"아니요. 그렇지는 않아요."

사공혜의 안색이 살짝 어두워졌다.

"성주님께선 밀영대에 아무런 명도 내리지 않으셨어요. 수호령주에 대한 사안은 오롯이 신천옹에 맡겨졌어요."

진유검이 유상에게 고개를 돌렸다.

"무황 직속의 정보조직입니다. 엄밀히 말하자면 사공세가의 정보조직이라 할 수 있겠군요."

유상을 힐끗 바라본 사공혜가 말을 이었다.

"저는 그저 밀영대 부대주로서 무림에 파란을 일으키고 있는 수호령주가 어떤 인물인지 궁금해서 움직였던 것뿐이지요. 그리고 이 자리는 그것을 사과하기 위해 마련한 자리고요."

"사과까지는 필요 없소. 그래서 어떻소, 직접 본 소감이?"

잠시 멈칫한 사공혜가 진유검의 눈을 똑바로 응시하며 말했다.

"솔직히 뭐라 평가를 할 수가 없군요. 하지만 다른 누군가에게 휘둘릴 사람으론 보이지 않아요."

"눈은 제대로 박혀 있네. 하늘이 두 쪽이 나도 그럴 사람은
아니지."

전풍이 고개도 돌리지 않고 퉁명스레 내뱉었다.

"그래서 안심이 되요. 게다가 신도세가의 늙은이들을 단숨
에 쓸어버릴 수 있는 실력까지 지녔으니 얼마나 다행인지 모
르겠군요."

신도세가를 언급하는 사공혜의 눈빛이 예사롭지 않았다.
그것을 놓치지 않은 진유검이 물었다.

"밀영대의 부대주. 그것 말고 내가 알아야, 아니, 내게 말
하고 싶은 것은 없소?"

사공혜가 고개를 푹 숙이며 침묵했다.

"하기 싫으면 관두고."

"복수를……."

고개 숙인 사공혜의 입에서 마치 신음처럼 나직한 음성이
흘러나올 때였다.

무황성 내원 쪽에서 갑자기 엄청난 환호성이 들려오더니
이내 전 무황성을 뒤덮어 버렸다.

"뭐야? 무슨 일이라도 난건가?"

곽종이 벌떡 일어나 창가로 달려갔다. 그렇잖아도 혼잡하
던 대로는 그야말로 난리가 났다.

"시작된 모양이군요."

방금 전까지 심각한 표정을 짓고 있던 사공혜는 진유검과 일행의 시선이 자신에게 향하자 한결 밝아진 얼굴로 말을 이었다.

"영웅지보(英雄之步)! 천추지연의 시작을 알리는 행사입니다. 비무대회와 더불어 가장 인기가 많고 무엇보다 각 문파 간의 기세 싸움을 볼 수 있어 실로 흥미진진한 행사라고 할 수 있지요."

곽종이 유상의 옆구리를 툭 건드렸다.

유상이 고개를 흔들었다.

"난 비무대회만 보았어."

"조금 자세한 설명이 필요할 것 같군요."

진유검의 말에 어딘지 모르게 승자의 미소처럼 보이는 웃음을 지어 보인 사공혜가 무황성의 내원을 가리키며 말했다.

"지금쯤 내원의 대연무장에는 각 문파, 가문의 주요 인사들이 이미 자리를 했을 것이고 천추지연, 정확히 말해 영웅지보를 구경하기 위해 달려온 수많은 하객이 모여 있을 거예요. 영웅지보는 각 문파를 대표하는 이들이 세가, 문파의 깃발을 들고 사실상 무황성의 정문이라고 할 수 있는 통천문(通天門)을 통해 입장하는 의식을 말하는 것이고요."

잔뜩 기대를 하고 있던 전풍과 곽종의 얼굴이 그대로 구겨졌다.

"지랄도!"

"고작 입장식에 그 난리란 말입니까?"

곽종의 물음에 사공혜가 부드럽게 웃으며 고개를 저었다.

"고작이 아니지요. 제가 말씀드리지 않았나요? 각 문파의 자존심이 걸렸다고요. 기세 싸움 또한 대단하지요."

"단순히 걸어가는 것 말고 다른 뭔가가 있다는 말이네요."

여우희가 말했다.

"예, 일단 영웅지보에 참가할 수 있는 문파는 고작 삼십에 불과해요. 참가 인원은 딱히 제한은 없어요. 통천문을 통해 대 연무장에 입장한 그들은 다음 문파가 통천문을 통과하기 전까지 개인의, 문파의 절기를 모두에게 선보이지요."

"쳇! 결국은 그냥 눈요기나 조금 하라는 거네."

전풍이 코웃음을 치자 유상이 고개를 흔들었다.

"그건 아니지. 수많은 문파와 관객들이 모인 자리에서 지닌 바 재주를 뽐내야 하는데 어설픈 자들이 참가할 리는 없잖아. 자칫하면 개망신을 당할 텐데 말이야."

"맞아요. 각 문파에서 최고의 정예들만 참석한다고 하더군요."

"그런데 어째서 서른 곳밖에 참가를 못한다는 거요? 그건 또 누가 정하는 것이고?"

진유검이 물었다.

"무황성의 군사부에서 참가할 수 있는 문파를 선별해서 통보해요. 상당히 객관적으로 평가하기에 불만은 많았지만 큰 문제는 없었어요. 지금껏 어긋나는 경우도 거의 없었고요. 사정이 있거나 참가를 거부하는 문파가 있다면 바로 다음 문파에게 기회가 넘어가요. 아, 어떤 상황에서도 참가가 인정되는 예외적인 문파가 하나 있네요."

사공혜가 의미심장한 눈빛으로 진유검을 바라보자 모두가 그녀가 무슨 말을 하려는 것인지 눈치챘다.

"지금껏 단 한 번도 참가하지는 않았지만요."

"그 전통은 올해도 깨지지 않을 것 같소."

진유검이 쓴웃음을 지으며 말하자 전풍이 득달같이 달려와 소리쳤다.

"우리도 하죠."

진유검이 멍한 눈으로 바라보자 전풍이 가슴을 탕탕 치며 말했다.

"우리도 하자고요. 저 영웅지본지 지랄인지."

"헛소리하지 말고. 안 되는 거 알지?"

진유검이 말도 안 되는 소리 하지 말라는 표정으로 올려보았다.

"헛소리가 아니라니까요. 비무대회도 못 나가게 하면서 이것까지 못하게 하는 건 정말 아니라고 봅니다. 또 이런 기회가 아니면 우리가 이 많은 사람 앞에서 언제 나서보겠습니까?"

전풍이 곽종을 끌어당겼다. 유상은 용케도 그의 손을 빠져나갔다.

"이미 결정했습니다. 주군이 뭐라 해도 우린 할 겁니다."

"난 빼……."

바둥거리는 곽종의 입을 단숨에 틀어막는 전풍.

그가 한 번 고집을 피우기 시작하면 실로 답이 없다는 것을 알기에 이글이글 타오르는 전풍의 눈빛을 확인한 진유검은 자신도 모르게 머리카락을 쥐어뜯었다.

17장

영웅지보(英雄之步)

　꽈아아앙!

　거대한 징 소리가 대연무장을 흔들고 모든 이의 시선이 통천문으로 향했다.

　수많은 이가 운집해 있다는 것이 믿기지 않을 정도의 정적과 함께 통천문 사이로 새하얗게 빛나는 백의무복을 갖춰 입고 머리엔 '의(義)'라 새겨진 머리띠를 질끈 동여맨 젊은이들이 등장했다.

　"와아아아!"

　참고 참았던 함성이 터지며 대연무장이, 무황성이 뒤흔들렸다.

"이야! 역시 정의문이 마지막을 장식하는군."

전날 밤부터 줄을 서는 수고를 한 덕분에 영웅지보를 한눈에 볼 수 있는 가장 좋은 자리를 차지한 유현보가 정의문 제자들의 절도 있는 움직임을 보며 탄성을 내뱉었다.

유현보와 함께 밤을 지새운 주곽이 고개를 빼며 말했다.

"어차피 남은 세력은 정의문뿐이었으니까."

"욱일승천하는 기세를 자랑하던 신도세가가 대미를 장식할 기회를 양보하다니 믿기지가 않는데."

"이화검문은 어떻고? 이전에 벌어진 영웅지보에서도 신도세가와 마지막 순서를 두고 꽤나 설전을 벌였다는 소문이 있던데 올해는 일찌감치 등장을 했잖아."

두 사람의 대화를 듣고 있던, 지금껏 장사를 하다가 겨우 시간에 맞춰 도착한 동소가 혀를 찼다.

"쯧쯧, 이 사람들. 소식이 이리 늦어서야. 소문도 못 들었어?"

"소문? 소문이라니?"

유현보가 눈을 동그랗게 뜨며 물었다.

"신도세가가 의협진가를 공격했다가 반대로 작살이 났다는 소문. 뿐인가? 얼마 전에도 수호령주를 공격하려 했다가 십여 명의 장로, 호법들과 화룡대가 몰살을 했다지 아마."

"화룡대라면 신도세가에서 가장 막강한 전력 아니었나? 게다가 열 명이 넘는 노고수까지? 와! 그 정도면 신도세가도 휘청하겠는걸."

주곽이 입을 쩍 벌렸다.

"글쎄. 휘청할 정도까지인지는 모르겠지만 아무튼 큰 타격임에는 틀림없지."

"그래서 아까 무술 시범을 보이는 자들이 그토록 맥아리가 없었던 거군. 그런데 의협진가는 그렇다 쳐도 수호령주를 공격했다면 문제가 되지 않나? 수호령주라면 무황도 한 수 접어줄 정도로 많은 이의 지지를 받고 있잖아."

유현보의 물음에 동소가 코웃음을 쳤다.

"그러니까 반역을 했다는 말이 나오지."

"반… 역?"

"그래, 앞서 의협진가를 공격했던 놈들과 이번에 수호령주를 공격했던 화룡대가 신도세가에 반역을 한 자들이라고 하더군. 신도세가에서도 공식적으로 발표를 했고. 근데 웃기는 게 뭔지 아나?"

"그게 뭔데?"

주곽이 침을 꿀꺽 삼키며 물었다.

"반역의 수장이라는 자들이 천무진천의 아들들이야."

"천무진천?"

"그래, 천무진천. 저 위 단상에 태연히 앉아 있는 신도세가의 검."

천무진천이 어떤 인물이라는 것은 하루하루 살아가기 바쁜 유현보와 주곽도 너무 잘 알고 있었다.

"허! 한마디로 눈 가리고 아웅한다는 말이군."

"핑계는 대야 되겠으나 솔직히 말도 안 되는 변명을 한 것이지. 과연 수호령주가 어찌 대처할지 모르겠어. 처음엔 그대로 넘어갔는데 벌써 두 번째니."

"아무리 수호령주라지만 신도세가야. 혼자서 뭘 어찌할 수 있을까?"

유현보가 비관적인 얼굴로 고개를 젓자 동소가 정색을 했다.

"모르는 소리. 수호령주의 권환이 어떻다는 것을 생각해 보면 결코 만만치가 않을 것이야. 게다가 의협진가를 위협했던, 그리고 자신의 목숨을 노렸던 신도세가의 무인들을 모조리 쓸어버린 인물일세. 듣자니 그 무공이 천의무봉한 경지에 이르렀다더군. 흐흐, 골치 아프긴 이화검문이 더 하겠군."

"이화검문도 사고를 쳤나?"

주곽이 한쪽 구석에서 풀이 죽은 모습으로 자리하고 있는 이화검문 쪽으로 시선을 던지며 물었다.

"신도세가는 적절하게 변명이라도 했지. 이화검문은 빼도 못하게 당한 모양이야. 이화검문의 미래라 칭해지던 오련신검이 목숨을 잃었고 의협진가를 도모하려던 나머지 인원들은 모조리 포로가 되어 무황성에 압송되어 오지 않았나."

"아, 그들이 바로 이화검문 사람들이었군."

주곽의 말에 동소가 한심하다는 듯 바라보았다.

"아무리 먹고 살기 힘들다지만 무황성을 뒤흔들었던 사건도 모르나?"

"뭐, 그럴 수도 있는 거지."

유현보가 동소를 두둔하고 나섰다. 그 역시 제대로 알지 못했기 때문이었다.

"아무튼 아직까지 본격적인 조사를 하지 않은 모양인데 수호령주가 도착을 하면 달라지겠지. 그렇잖아도 연이은 후계자들의 죽음으로 마음이 상할 대로 상한 무황이 가만 두고 보지도 않을 것이고."

"하면 이래저래 신난 것은 형주 유가와 정의문이겠네."

"그렇지. 사대기둥 중에서 두 곳의 입지가 뿌리째 흔들리고 있으니 상대적으로 그들이 힘을 받는 중이지. 벌써 몇몇 문파는 신도세가와 이화검문을 등지고 그들에게 줄을 대고 있다는 소문이 들려."

"박쥐 같은 놈들일세."

주곽이 냉소를 터뜨렸다.

"박쥐가 아니라 살아남기 위해선 어쩔 수 없는 것이지. 자, 잡설은 치우고. 구경이나 하세. 저 청년이 바로 인중룡(人中龍)이라 불리는 이군학(李群鶴)이네."

"이제 겨우 이십 남짓한 애송이에게 인중룡은 무슨 얼어 죽을."

유현보가 코웃음을 치자 동소가 당치도 않다는 표정으로 말했다.

"최근 잘나가는 후기지수들 중에서도 손꼽히는 고수야. 저 몸놀림 좀 보게. 벌써 수준이 다르잖아."

정의문에서 고르고 골라 내보낸 제자들의 맨 앞에서 몇몇 동료와 함께 검무를 추고 있는 이군학의 모습은 그의 말대로 확실히 발군이었다.

같은 동작, 같은 검로를 그리면서도 뭔가가 달랐다.

물 흐르듯 이어지는 동작 하나하나엔 감탄을 자아낼 만한 날카로움이나 힘이 느껴지지는 않았으나 화려하지는 않아도 묘한 현기가 느껴졌다.

무공을 모르는 사람이 그것을 알아차릴 정도니 단상에서 이를 지켜보는 이들의 시선은 놀라움 그 자체였다.

"허! 정의문에 장차 무림을 이끌어갈 대들보가 자라고 있다더니만 바로 저 아이였군."

무황의 칭찬에 바로 옆에 앉아 있던 당대 정의문 문주 이호연(李豪然)의 입이 좌우로 찢어졌다.

"험험, 과찬이십니다. 싹수는 조금 보이나 아직은 배워야 할 것이 많은 아이입니다."

나름 겸양의 말을 던지고는 있어도 이군학을 바라보는 이호연의 눈빛엔 더할 수 없는 자랑스러움이 묻어나 있었다.

"그런데 저건 못 보던 검진이오만."

형주 유가의 수장 유진(柳眞)이 날카로운 눈빛으로 대연무장을 살피며 물었다.

유진뿐만이 아니었다.

중앙 단상에 앉아 있던 각 세력의 수장들의 시선은 맨 앞에서 검무를 추고 있는 이군학보다는 그의 뒤에서 펼쳐지고 있는 검진에 맞춰져 있었다.

지금껏 노출된 검진이 아니라 분명 새로운 검진이었다.

그것도 놀랄 만큼 완벽한.

"확실히 그런 것 같군. 아직 힘에 부치는 아이가 몇 보이나 숙련만 된다면 가히 무림을 호령할 만한 검진이 되겠소."

무황의 거듭된 칭찬에 이호연의 콧대는 하늘 높은 줄 모르고 치솟았다. 물론 그것을 겉으로 내색할 정도로 멍청하지는 않았다.

"제 둘째 아들 녀석이 몇 년 동안 머리를 싸매고 고민을 하다가 새롭게 만들어낸 검진입니다."

"둘째라면 신산(神算)이라 불리는 그 괴짜가 아닌가?"

"신산은 모르겠지만 괴짜는 맞습니다. 엉뚱한 녀석이지요. 난데없이 검진을 만들어낸 것도 그렇고요. 그래도 나름 유용한 구석이 많아서 익히게는 하였으나 보시다시피 아직 보완해야 할 구석이 많습니다. 무황께서, 그리고 여러분께서 많은 조언을 해주시지요."

이호연이 자리에서 일어나 무황과 여러 수장에게 정중히 허리를 숙였다.

대부분의 사람들이 기쁜 마음으로 마주 인사를 했지만 몇몇 인물은 그다지 밝은 표정이 아니었다. 아니, 오히려 잔뜩 경계하는 눈빛으로 그와 연무장에서 펼쳐지는 검진을 바라보고 있었다.

이호연은 아직 보완해야 할 곳이 많다고는 했지만 그 정도의 검진이라면 영웅지보에 선보이지도 않을 터. 눈앞에서 펼쳐지는 검진은 누가 보더라도 위력적이고 흠집을 찾기가 힘들 정도로 뛰어났다.

"와아아!"

거대한 함성이 대연무장을 뒤흔들었다.

삼 장 높이까지 치솟았던 이군학이 온갖 화려한 동작을 마치고 내려서는 것과 동시에 그에게 보조를 맞추며 움직였던 검진까지 시범을 마친 것이다.

숨죽이며 이군학의 검무를, 정의문 제자들이 펼치는 검진을 지켜보던 군웅들은 온갖 함성과 환호성으로 그들의 멋진 검무와 검진에 찬사를 보냈다.

함성이 잦아들 즈음 한 중년인이 단상 앞으로 걸어 나왔다.

무황성 지객당 당주이자 이번 천추지연을 총괄하고 있는 진성웅(晉星雄)이었다.

"영웅지보는 끝이 났으나 천추지연은 비로소 막이 올랐소이다. 이제 성주님의 치사를……."

무황을 소개하려는 진성웅의 말이 끝나기 바로 직전, 천무지연의 시작을 축하하기 위해 무황이 자리에서 천천히 일어나는 순간이었다.

꽈아아아아앙!

그 어떤 때보다 거대한 징 소리 대연무장을 뒤흔들었다.

정의문을 끝으로 영웅지보에 참석한 모든 문파의 순서는 끝이 난 상황.

난데없이 들려온 징 소리 다들 의구심을 감추지 못하고 통천문으로 고개를 돌렸다.

징이 울리고 제법 시간이 흘렀다.

통천문에선 아무도 나타나지 않았다.

무황의 얼굴에 못마땅한 기운이 감돌자 진성웅의 이마에선 식은땀이 흘러내렸다.

"뭔가 착오가 있었던……."

진성웅의 말은 또다시 끊기고 말았다.

"와아아아!"

엄청난 함성이 터져 나왔다.

함성은 통천문과 가장 가까이에 있는 군웅들로부터 시작되었다.

모두의 시선이 집중되는 가운데 통천문에서 몇몇 사람의 그림자가 보이기 시작했다.

인원은 총 다섯.

영웅지보에서 참석한 최소의 인원이 열다섯임을 생각하면 터무니없는 숫자였다.

화산파로 시작하여 정의문에서 정점을 이룬 영웅지보의 감동을 깨뜨린다는 생각 때문인지 함성은 곧 비난과 야유로 바뀌었다.

하지만 가장 앞선 걷던 전풍이 들어 올린 깃발을 보곤 그들 모두가 그대로 얼어붙었다.

비단 천에 용사비등(龍蛇飛騰)한 글귀는 아니었다.

황금으로 치장한 깃대도 아니었다.

대충 자른 대나무에 전풍이 입고 있던 웃옷을 잘라 만든 조악한 깃발이었다.

바로 그 초라한 깃발에 쓰인 단 두 글자가 모든 이를 침묵하게 만들었다.

의협(義俠)

당금 천하에 이 두 글자를 사용할 수 있는 문파는 오직 한 곳뿐이었다.

"와아아아아!!"

"의협진가다!!"

잠깐 동안 이어진 침묵은 오히려 엄청난 폭발력으로 무황성을 뒤흔들었다.

지금껏 단 한 번도 영웅지보에 참석하지 않았던 의협진가의 출현에 대연무장은 그야말로 광란의 도가니에 빠져버렸다.

깃발을 들고 있는 전풍의 어깨엔 힘이 잔뜩 들어갔고 다소 머쓱한 표정으로 따라오던 곽종과 유상도 감격 어린 얼굴이었다.

여우희는 환히 웃으며 함께 손을 살랑살랑 흔드는 여유를 보여주었다.

맨 뒤, 전풍의 고집을 끝내 꺾지 못하고 한숨을 내쉬며 따라보던 진유검도 군웅들의 엄청난 환대에 엷은 미소를 지었다.

"허허! 의협진가가 영웅지보에 참석을 하다니. 이거 영광인걸."

불쾌한 표정을 짓고 있던 무황이 너털웃음을 터뜨렸다.

무림지존이라 할 수 있는 무황이 영광이라 말할 수 있을 정도로 의협진가의 출현은 진귀한 일이었다.

단상에 앉은 대부분의 사람들은 너무도 단촐한 의협진가의 행진을 호기심 어린 눈빛으로 바라보았지만 그들과 직접적으로 엮인 이화검문과 신도세가의 수뇌들은 그럴 수가 없었다.

특히 이화검문의 수장 문일청(文一晴)은 활화산처럼 이글거리는 눈빛으로 그들을 노려보았고 신도장과 나란히 앉아 있던 천무진천의 표정 또한 더할 수 없이 굳어 있었다.

"저들이 무황성에 도착했다는 말은 들었지만 설마하니 영웅지보에 참석할 줄은 몰랐군. 지객당주."

"예, 성주님."

단상 한쪽 구석에서 진땀을 흘리고 있었던 진성웅이 얼른 대답했다.

"당주는 저들이 영웅지보에 참석할 줄 알고 있었느냐?"

"아, 아닙니다. 원래는 예정에 없던 일이었습니다."

"그래서 더욱 극적으로 등장을 할 수 있었군."

"죄, 죄송합니다."

무황이 자신을 질책한다고 여긴 진성웅이 납작 엎드렸다.

"네가 죄송할 일이 아니다. 보아라. 사람들의 반응을."

무황은 좀처럼 끝나지 않는 군웅들의 환호성에 진심으로 감탄했다.

그는 지금 보여주는 군웅들의 모습이 힘과 권력은 무황성에 있을지 몰라도 진정한 명예만큼은 의협진가에 있다는 세간의 말이 결코 틀리지 않았음을 반증하는 것이라 여겼다.

"바로 저 친구가 수호령주겠군."

무황이 단상 앞을 지나가는 진유검을 바라보며 말했다.

때마침 단상을 쳐다본 진유검과 그의 시선이 마주쳤다.

무황은 뜻 모를 미소를, 진유검은 살짝 고개를 끄덕이며 서로에게 인사를 했다.

진유검의 시선이 무황 주변으로 향했다.

호기심으로 가득한 시선을 접하던 중 자신을 노려보는 따가운 시선에 피식 웃음을 터뜨렸다.

그의 웃음에 화를 참지 못한 문일청이 벌떡 일어나고 천무진천 역시 입술을 잘근 깨물었다.

가소롭다는 듯 그들을 직시하던 진유검이 갑자기 걸음을 멈췄다. 그리곤 앞서 가던 이들을 향해 손을 뻗었다.

순간, 전풍과 곽종, 유상의 등에 묶여 있던 무기들이 일제히 하늘로 솟구쳤다.

진유검의 행동에 놀란 전풍과 곽종, 유상도 즉시 걸음을 멈추고 뒤를 돌아보았다.

대연무장에 모인 군웅은 즉시 함성을 멈추고 처음으로 영웅지보에 참석한 의협진가가, 수호령주가 과연 어떤 재주를 보여줄지 기대 어린 눈빛으로 진유검을 바라보았다.

진유검의 연무장 주위를 훑었다.

그의 시선이 영웅지보에 참석한 문파의 제자들에게 향하는 것을 눈치챈 몇몇 사람은 불안한 눈길로 진유검을 응시했다.

마침내 진유검의 눈길이 한곳에 멈춰졌다.

그의 시선이 끝나는 곳에 삼십이 조금 안 되는 신도세가 제자들이 질서 정연하게 앉아 휴식을 취하고 있었다.

진유검의 신도장을, 천무진천을 돌아보았다.

진유검의 입가에 소름이 끼칠 정도로 차가운 미소가 지어졌다.

"안 돼!"

불길한 느낌에 사로잡힌 신도장이 자리에서 벌떡 일어나

며 자신도 모르게 소리쳤다.

신도장의 외침에 아랑곳없이 허공으로 치솟았던 모든 무기는 진유검이 가리킨 방향으로 움직이기 시작했다.

좌우로 활짝 펴서 날아가는 무기들은 다름 아닌 진유검을 공격했던 신도호와 노고수들, 화룡대원들의 무기였다.

모든 무기를 수거할 수는 없었지만 그래도 제법 그 수가 되었다.

진유검이 모습을 드러낼 때부터 잔뜩 긴장을 하고 있던 신도세가의 제자들은 즉시 검을 빼 들고 공격에 대비했다.

영웅지보를 이끌었던 신도세가의 후기지수 신도검(申屠劍)이 가장 앞장서 진유검의 공격을 받았다.

꽝! 꽝! 꽝!

연이어 터지는 충격음.

진유검이 날려 보낸 열세 자루의 무기와 신도세가의 제자들이 휘두른 무기가 허공에서 충돌하며 격한 반응을 일으켰다.

결과는 명확했다.

너무도 명확하여 나름 긴장하며 지켜보던 이들을 허탈하게 만들 정도였다.

진유검이 날린 무기들은 멀쩡한 데 반해 그것과 부딪친 신도세가 제자들의 무기는 모조리 박살이 나고 말았다.

그 충격에 몇몇 제자가 피를 토하며 쓰러지기는 하였으나 큰 부상을 당한 이는 아무도 없는 것 같았다. 물론 코앞에 떠 있는 무기들로 인해 생명의 위협을 받고는 있었지만.

"와아아아!"

잔뜩 기대에 찬 눈빛으로 양측의 대결을 지켜보던 군웅이 일제히 함성을 터뜨렸다.

의협진가가 처음으로 영웅지보에 모습을 드러낸 것도 놀라운데 참가하자마자 근래 들어 최고의 위세를 자랑하는 신도세가에 노골적인 도발을 하자 잔뜩 흥분한 모습이었다.

더불어 그들의 시선은 단상에 앉은 신도세가의 수장들에게 향했다.

군웅들은 그들이 과연 진유검의 도발에 어찌 대처할지 숨죽이고 지켜봤다.

"이게 무슨 대체 짓인가?"

신도장이 불같이 화를 냈다.

신도세가의 가주로서 제자들이 공격을 당했으니 나서는 것은 당연히 일. 게다가 신도충의 움직임을 막기 위해서라도 진유검의 행동을 강력하게 따져 물어야 했다.

지금 신도충이 나선다면 충돌은 필연적이었다.

신도장은 예측할 수 없는 승부에 신도세가의 자존심이라

할 수 있는 신도충을 노출시킬 수 없었고 무엇보다 무황을 비롯하여 수많은 이 앞에서 의협진가, 아니, 수호령주와 큰 분쟁을 일으키고 싶은 마음은 없었다.

"무슨 문제라도 있는 것입니까?"

진유검이 태연스레 되묻자 신도장의 얼굴이 벌겋게 달아올랐다.

"그걸 몰라서 묻는 건가?"

"모르니까 묻는 것이지요."

진유검의 빈정거림을 극한의 인내력으로 참아낸 신도장이 피가 나도록 입술을 깨물며 말했다.

"어째서 우리 아이들을 공격한 것인지 묻는 것이네."

"아, 오해가 있었던 모양이군요. 쯧쯧, 어쩐지 저리 거칠게 반응하더라니."

혀를 찬 진유검이 뒤쪽으로 손을 획 저었다.

그러자 신도세가 제자들을 위협하던 무기들이 힘을 잃고 툭툭 떨어졌다.

연무장 곳곳에서 안타까운 탄식이 터져 나왔다.

군웅들은 신도장의 호통에 진유검이 오해 운운하며 무기력하게 굴복하고 나아가 신도세가 제자들을 위협하던 무기를 땅에 떨어뜨리는 모습에 상당히 실망하는 눈치였다.

진유검이 자신의 호통에 곧바로 기세를 누그러뜨리자 기

가 산 신도장이 비릿한 조소를 지었다.

"오해? 방금의 행동은 누가 보더라도 공격을 하려는 모습이었네. 오해라 하니 어쩐지 비겁한 변명으로 들리는군."

단상에 앉아 있는 각 문파의 수뇌들을 느긋하게 둘러보며 진유검의 행동을 힐난하는 신도장의 태도는 현재 무림에서 차지하는 신도세가의 위상을 단적으로 보여주는 것 같았다.

문제는 상대를 잘못 골라도 한참 잘못 골랐다는 것.

"하하! 비겁이란 단어를 들어본 적이 없어서 그런지 조금은 당황스럽군요."

진유검이 가볍게 웃으며 말을 이었다.

"아무튼 오해는 풀라고 있는 것이니 말씀드리지요. 전 그냥 신도세가의 물건을 돌려주려고 했을 뿐입니다."

"신도세가의 물건?"

"예, 아시는 분은 아시겠지만 제가 오는 길에 신도세가 식솔들과 마찰이 조금 있었습니다."

신도장의 안색이 확 변했다.

"듣자니 일전에 본가를 공격했던 그놈들과 한패라고 하더군요. 반역을 했다지요?"

진유검의 노골적인 비아냥에도 신도장은 아무런 말을 할 수가 없었다.

"그자들이 사용하던 무기들이었습니다. 모조리 수거를 할수는 없고 귀해 보이는 것들만 십여 자루 수거를 했지요. 반역이나 해대는 쓰레기 같은 놈들이 들고 다니기엔 제법 아까운 물건도 있더군요."

진유검이 손을 뻗어 방금 전, 신도검의 검을 산산조각 냈던 검을 회수했다.

"이 검은 저를 공격했던 무리의 우두머리가 사용했던 검입니다. 이름이 신도… 호던가요."

진유검의 시선은 어느새 신도충에게 향해 있었다.

처음, 진유검이 모습을 드러냈을 때 상당히 격동했던 것과는 달리 어느새 완벽하게 평정심을 회복한 신도충은 아무런 감정이 느껴지지 않는 눈길로 진유검의 시선과 마주했다.

팽팽한 긴장감이 단상을 휘감고 주변에서 이를 지켜보던 수뇌들마저 숨을 죽였다.

'확실히 대단하군.'

단번에 신도충의 실력을 파악한 진유검은 다른 이들의 기대와는 달리 별다른 기세 싸움 없이 슬쩍 고개를 돌려 버렸다.

"그런데 참으로 실망입니다."

"……"

신도장은 진유검의 입에서 또 어떤 말이 흘러나올지를 걱정하며 인상을 구겼다.

"무황성의 기둥이자 천하에 이름 높은 신도세가에 반역이 있었다는 것도 실망스런 일이지만 제때에 진압을 하지 못하여 엉뚱한 이들에게 큰 피해를 주게 되었다는 것에 진심으로 실망을 금치 못하겠습니다. 그런데 말이지요. 지금도 이해가 가지 않는 것은 어째서 그들이 본가를 노렸냐는 겁니다. 반역을 했으면 제 놈들이 원하는 신도세가를 공격하는 것이 상식 아닐까요? 왜? 대체 무슨 이유로 의협진가를 공격한 것일까요?"

"그, 글쎄 그건……."

신도장이 쉽게 대답을 하지 못하고 어물거리자 진유검의 날카로운 추궁이 이어졌다.

"반역을 하기는 한 겁니까?"

"그게 무슨 소린가? 하면 우리가 없는 사실을 꾸며댔단 말인가?"

신도장이 정색을 하며 소리쳤다.

"그렇다고는 하지 않았습니다. 다만 본가나 저나 별 거지 같은 놈들이 자꾸 귀찮게 하니 짜증이 나서 그런 것이지요. 가주께서 아니라고 하시니 믿겠습니다. 자, 받으시지요."

진유검이 손에 들린 검을 신도장에게 툭 던졌다.

느릿느릿 허공을 가르며 날아간 검이 단상 위, 신도장의 손에 안착했다.

누가 보더라도 무례한 행동.

무림에서의 지위는 그렇다 쳐도 두 사람의 연배를 감안했을 때 참기 힘든 모욕이었다.

그러나 얼떨결에 검을 받아 든 신도장은 참을 수밖에 없었다.

"아, 그런데 그놈들은 어찌 되었습니까?"

"누… 구를 말하는 건가?"

"본가를 공격했다가 사로잡힌 놈들 말입니다. 마음 같아선 제가 직접 처리하고 싶었지만 그건 아닌 것 같아서 얌전히 신도세가로 돌려보낸 그 두 놈 말입니다."

순간, 사지의 심줄이 끊기고 단전이 완전히 파괴가 된 상태로 돌아온 신도광의 모습을 떠올린 신도장은 치미는 살기를 억누르느라 미칠 듯이 노력해야 했다.

"본가에서도 그에 맞는 충분한 처벌을 내렸네."

신도장의 말에 단상 위에 앉아 있던 이들의 시선이 자연스레 신도충에게 향했다. 하지만 그의 얼굴에서 어떤 감정을 읽어내지는 못했다.

"다행이군요. 이럴 줄 알았으면 이번에 공격을 해온 놈들의 처리도 신도세가에 맡기는 건데 그랬습니다. 솔직히 인정에 이끌려 죄를 용서해 주는 것은 아닌지 쓸데없이 의심을 하여 모조리 숨통을 끊어버렸으니까요. 죄송합니다, 가주."

진유검이 허리를 굽히며 용서를 청하자 이를 보는 신도장의 얼굴은 순식간에 썩은 감자처럼 변해 버렸다.

마음 같아선 당장에라도 요절을 내고 눈앞에서 유들거리는 애송이의 얼굴을 갈아버리고 싶은 마음이 간절했지만 그렇게 할 수 없음에 미칠 것 같았다.

"아니… 네. 잘했네. 어… 차피 용서받을 수 없는 죄를 저지른 자들이니."

온갖 감정이 뒤섞인 신도장의 음성에서 사람들은 그제야 깨달을 수 있었다.

진유검이 신도세가의 위세에 눌린 것이 아니라 오히려 신도세가를 마음껏 조롱하고 있음을.

진유검은 수치심으로 부들부들 떨고 있는 신도장에게 조금의 미련도 없다는 듯 몸을 홱 돌리곤 신도세가의 제자들을 향해 천천히 걸어갔다.

수많은 군웅 앞에서 제대로 망신을 당한 신도세가의 제자들은 진유검이 다가오자 어찌 반응해야 할지 몰라 다들 엉거주춤한 모습이었다.

신도세가 제자들이 우왕좌왕하는 사이 진유검이 그들 앞에 도착했다.

"네가 검이냐?"

진유검이 신도검을 향해 물었다.

"그, 그렇습니다."

"내가 누군지는 알고 있겠지?"

"예, 외숙부."

신도검이 깊게 허리를 숙였다.

외숙이라는 관계를 떠나 어쩌면 가문의 가장 큰 적이라 할 수 있는 자신을 향해 정중히 예의를 갖추는 신도검의 모습이 조금은 의외였는지 진유검의 입가에 살짝 미소가 지어졌다.

"다른 곳은 모르겠지만 눈은 엄마를 많이 닮았네. 확실히 알겠어."

신도검의 어깨에 손을 올린 진유검이 그의 상체를 앞으로 끌어당겼다.

"네가 저놈들 살린 거다. 너 아니면 다 죽었어."

흠칫 떨리는 몸, 신도검의 두 눈이 경악으로 부릅떠졌다.

"놀라기는."

진유검이 신도검의 머리를 가볍게 툭툭 쳤다.

조카의 반응을 느긋하게 즐기며 뒤로 물러난 진유검은 자신의 말에 공포와 분노 어린 눈빛으로 바라보는 신도세가의 제자들에게 장난스런 웃음을 짓고는 자신을 기다리는 이들에게 돌아갔다.

"와아아아!'

진유검이 일행에 합류를 하는 것과 동시에 군웅들은 뜨거운 함성으로 의협진가의 첫 번째 영웅지보를 축하했다. 더불어 신도세가의 콧대를 완벽하게 눌러버린 행동에 대해서도 열렬한 지지를 보냈다.

바로 그때였다.

진유검이 또다시 걸음을 멈췄다.

"또 왜요?'

전풍이 짜증나는 얼굴로 물었다.

"생각해 보니 정말 중요한 사람을 잊고 있었다."

진유검이 단상을 향해 성큼성큼 걸음을 옮겼다.

단상 주변에 수많은 호위무사가 배치되어 있었지만 그 누구도 진유검의 발걸음을 제지하지 않았다.

단숨에 단상 위로 오른 진유검이 좌중을 둘러보며 가볍게 포권을 했다.

"아무래도 그냥 갈 수가 없어 돌아왔습니다."

진유검의 말에 사람들의 시선은 자연히 무황에게 향했다.

조금 전의 눈인사로 무황과의 인사를 마쳤다고 생각한 진유검은 전혀 엉뚱한 사람을 찾고 있었다.

"이화검문에서도 온 것으로 압니다만."

어딘지 모르게 싸늘한 음성.

단상 위의, 아니, 흥미 가득한 얼굴로 진유검을 쫓던 군웅들의 시선이 이화검문의 문주 문일청에게 집중되었다.

세상천지 아무도 믿지는 않으나 그래도 변명을 했고 의협진가에 있던 제자들의 팔을 희생함으로써 그 변명이 받아들여진 신도세과는 달리 이화검문은 아무런 변명을 하지 않았다.

게다가 당시 의협진간의 포로가 되었던 이화검문의 제자들이 무황성에 압송되어 옴으로써 의협진가에 대한 이화검문의 도발은 빼도 박도 못하는 사실로 굳어진 상태였다.

"노부가 이화검문의 문주 문일청이다."

문일청이 거구를 일으키며 소리쳤다.

칠순을 훌쩍 넘긴 나이임에도 떡 벌어진 어깨, 꼿꼿이 솟은 허리하며 홍안(紅顔)엔 주름 하나 없었다. 새하얀 머리카락이 아니었다면 사십대 중년이라 하여도 조금도 이상하지 않을 만큼 정정한 모습이었다.

무엇보다 진유검의 등장에 전전긍긍했던 신도장과는 달리 그의 태도는 한없이 당당했다.

"이화검문이 본가에 저지른 일은……."

문일청이 가차없이 말을 잘랐다.

"오련신검에 네놈에게 목숨을 잃었다지? 본문은 사소한 원한이라도 절대 잊지 않는다. 하물며 오련신검은 장차 본문을 이끌어갈 장로였다. 각오하는 게 좋을 게다."

완전히 주객이 전도된 상황이었다.

단상 위에 있던 수뇌들은 물론이고 군웅들까지도 문일청의 뻔뻔함에 황당함을 금치 못했다.

그들이 그런 반응을 보일 정도니 당사자는 어떠할까.

진유검의 입에선 황당함, 어이없음을 넘어 헛웃음만 흘러나왔다.

"문주께서 말씀을 가려 하시는 것이 좋겠소. 정황상 이화검문이 의협진가에 암수를 쓴 것은 사실이 아니오?"

보다 못한 무황이 나직한 음성으로 경고를 하고 나섰다.

"그 정황이라는 것을 확실하게 할 필요가 있습니다, 무황. 본문이 의협진가와 충돌을 하게 된 것은 자신의 핏줄이 의협진가의 후계자가 될 수 있도록 도와달라는 무창상단의 요청이 있어서였습니다. 다시 말해 의협진가의 후계자 싸움에 정식으로 개입을 해달라는 요청이 있었다는 말입니다."

문일청은 무황 앞에서도 얼굴색 하나 변하지 않고 자신들의 무고함을 주장했다.

"제가 알기론 무창상단에서 요구를 하기도 전에 이미 손을 쓴 것으로 알고 있습니다만. 음부곡의 살수를 이용해서요."

진유검의 말에 문일청이 가소롭다는 표정으로 말했다.

"하면 그 돈이 어디서 나왔는지도 알고 있겠군."

"……."

진유검이 침묵하자 문일청이 기세를 올리며 소리쳤다.

"무창상단의 돈은 결국 네 누이의 돈이었다. 제 오라비를 죽여 달라는, 조카를 죽여 달라는 돈이었다. 본문은 네 누이의 요청에 따라 개입을 하게 된 것뿐."

문일청이 무황과 단상의 수뇌들을 둘러보며 말했다.

"고로 이것은 의협진가의 후계자 싸움으로 일어난 문제. 오해든 원한이든 해결을 하는 것 또한 양자 간의 문제라고 판단하외다."

결국 이화검문은 의협진가의 후계자 싸움에 끼어든 것이니 무황을 비롯한 다른 세력은 간섭하지 말라는 선언이었다.

단상이, 연무장이 갑자기 웅성거리기 시작했다.

군웅들은 뻔뻔하기는 하지만 문일청의 말에도 분명 일리가 있다고 여겼다. 동시에 무황의 개입을 시의적절하게 차단한 문일청의 판단과 언변에 감탄을 했다. 몇몇 사람을 제외하고는.

"병신 같은 영감이네."

여유희가 가소롭다는 듯 웃었다.

"어째서요?"

곽종이 물었다.

"지금 저 영감이 한 말. 지금은 그럴듯해 보이지만 제 발등을 찍은 꼴이 될걸."

"확실히 그런 것 같군요."

유상이 고개를 끄덕였다.

그는 여우희가 하고자 하는 말이 무엇인지 깨닫고 있었다.

"뭔 소리야? 자세히 말해봐."

곽종이 답답하다는 표정으로 소리쳤다.

"이화검문과 의협진가의 충돌은 필연이야. 사람들은 세가 불리한, 더불어 명분도 있는 의협진가를 돕기 위해 당연히 무황이 움직일 것이라 예상하겠지. 하지만 이화검문의 문주는 이것이 단순한 후계자 싸움에 얽힌 문제라 못 박으며 무황의 개입을 막아버렸어. 주변을 봐. 어느 정도는 그의 논리를 수긍하는 분위기잖아."

"확실히 그렇군."

"그런데 과연 무황의 개입이, 다른 세력이 개입할 수 없다는 조건이 과연 이화검문에 유리하느냐는 것이야."

"아!

곽종의 입에서 탄성이 터져 나왔다.

"이화검문은 무황과 다른 세력들이 의협진가를 돕는 것을 막았다고 생각하겠지만 오히려 그 반대일걸. 저기 봐. 령주님의 표정을."

유상이 입꼬리가 한없이 치켜 올라간 진유검의 모습을 가리켰다.

"문제는 의협진가가, 아니, 령주님의 무력이 이화검문을 감당할 수 있느냐는 것이겠지."

여우희가 전풍의 팔짱을 끼며 말을 이었다.

"동생과 령주님껜 미안한 말이지만 명색이 천강십이좌가 무황의 가신이자 무황성의 사대기둥이라 할 수 있는 이화검문과 싸우기는 좀 그래. 지난번에야 우리를 노렸기 때문에 그런 것이지만 아무래도……."

여우희가 미안해하는 표정으로 말끝을 흐리자 전풍이 한심하다는 듯 고개를 흔들며 혀를 찼다.

"쯧쯧, 다들 몰라도 한참을 몰라. 이제는 조금 알 만도 한데 말이오."

전풍이 눈을 동그랗게 뜨는 여우희를 보며 콧방귀를 꼈다.

"이화검문? 웃기고 있네. 그냥 다 뒈졌다고 보면 되요. 아, 그리고 주군이 저렇게 입꼬리가 올라가고 미소를 지을 때 특히 조심해야 되요. 저럴 때 걸리면 그냥……."

전풍은 자신의 손날로 목을 긋는 시늉을 하며 몸서리를 쳤다.

전풍이 동료들에게 친절히 설명을 하는 동안 한없이 차가운 미소를 짓고 있던 진유검이 무황을 향해 말했다.

"이화검문 문주님의 말씀이 옳은 것 같군요. 이는 분명 본가의 후계자 싸움으로 벌어진 일. 고로 원한을 해결하는 것 또한 양자 간의 문제입니다."

진유검이 오만한 자세로 서 있는 문일청의 얼굴을 가만히 직시하며 주변의 모든 이에게 경고를 했다.

"지금부터 절대 끼어들지 마시오. 죽기 싫으면."

『천산루』 3권에 계속…

FANTASTIC ORIENTAL HEROES

양경 新무협 판타지 소설

악공무림

樂工武林

『화산검선』의 작가 양경!
가슴을 울리는 따뜻한 무협이 왔다!

『악공무림』
어린 나이에 할아버지를 여의고
황궁의 악사(樂士)가 된 송현.
그러나 채워질 수 없는 외로움에
궁을 나서고, 그 발걸음은 무림으로 향하는데……

듣는 이의 마음을 울리는, 화음.
악공 송현의 강호유람기가 펼쳐진다!

Book Publishing CHUNGEORAM

유행이 아닌 자유추구 -
WWW.chungeoram.com